당신이
잘 있으면,

나도
잘 있습니다

당신이 잘 있으면, 나도 잘 있습니다

정은령

단단한
생각의 말들이 이루는
공감과 울림

마음산책

**당신이
잘 있으면,
나도
잘 있습니다**

단단한 생각의 말들이 이루는 공감과 울림

1판 1쇄 발행 2021년 7월 25일
1판 2쇄 발행 2022년 3월 5일

지은이 | 정은령
펴낸이 | 정은숙
펴낸곳 | 마음산책

편집 | 권한라 · 성혜현 · 김수경 · 나한비
디자인 | 최정윤 · 오세라 · 차민지
마케팅 | 권혁준 · 권지원 · 김은비
경영지원 | 박지혜

등록 | 2000년 7월 28일(제2000-000237호)
주소 | (우 04043) 서울시 마포구 잔다리로 3안길 20
전화 | 대표 362-1452 편집 362-1451   팩스 | 362-1455
홈페이지 | www.maumsan.com
블로그 | blog.naver.com/maumsanchaek
트위터 | twitter.com/maumsanchaek
페이스북 | facebook.com/maumsan
인스타그램 | instagram.com/maumsanchaek
전자우편 | maum@maumsan.com

ISBN 978-89-6090-686-0 03810

머뭇거리며 조심스레 당신에게 말을 건넨다.
나의 이야기가 당신의 이야기로 공명될 수 있는
한 대목이라도 있기를 바란다고.

머뭇거리며 말을 건네다

만 스물세 살부터 마흔한 살까지 나는 기자로서 거의 매일 누군가가 읽을 글을 썼다. 그렇게 세상에 나온 글들은 내 일부였지만, 언제나 나는 글 뒤에 숨을 수 있었다. 글 끝에 내 이름 석 자가 붙어 있었지만, 그것은 그 글에 대한 책임을 진다는 것이지, 나를 드러낸다는 것은 아니었다. 공적인 얼굴만 보이고 살 수 있었다.

그 공적 자아를 버리고 마흔두 살에 한국 땅을 떠나 4년간 미국에서 유학했다. 집 밖으로 나가면 한국말 하는 사람과 단 한마디도 말 섞을 일 없이 지내던 그곳에서 나는 한국말이 고팠다. 무언가를 쓰지 않으면 한국말의 그 섬세한 결을 잃어버릴까봐, 허기진 마음으로 드문드문 글을 썼다. 그 시간은 내가 나를 만나야 하는 시간이기도 했다. 명함 없이 나를 설명해야 했을 때, 나는 당혹스러웠다. 공적인 얼굴이 나를 단단한 껍질처럼 보호해주고 있었던 것일 뿐, 내면의 나는 덜 자랐고 모순투성이에 바스러지기 쉬운 허약한 존재라는 사실을 끊임없이 대면했다. 1~3부의 글들은 주로 그 시기에 쓴 것들이다.

한국에 돌아온 뒤 다시 칼럼니스트로 공적인 글을 쓰게 됐다. 2017년~2020년 〈경향신문〉에 연재했던 칼럼 일부를 묶은 4부의 글들이 그것이다. 젊은 날에도 세상 사람들 앞에 내놓는 글에 자신감이 넘쳤던 것은 아니지만, 다시 쓰게 된 공적인 글에서 나는 더 서성거리고, 더 우물쭈물했다. 나이를 먹어가며 알게 된 것은, 내가 아는 것이 별로 없다는 사실뿐이었다. 내가 목청 높여 무엇을 주장할 만한 주제가 못 된다는 자기응시를 하면서 글을 쓰는 일은 괴로웠다. 그럼에도 불구하고 그 글을 쓰는 동안 나는 희미하지만 질긴 끈으로 나와 연결되어 있는 타인의 삶들을 마주할 수 있었다. 다른 사람의 얼굴들, 특히 고통받는 얼굴들과 맞닥뜨려야 했다. 내 글 따위로는 해결되지 않을 문제들을 살아내고 있는 사람들에게 내가 할 수 있는 소극적인 기도는 '당신이 잘 있으면, 나도 잘 있습니다'라고 안녕을 비는 것뿐이었다.

이 책은 나의 사적인 글쓰기와 공적인 말하기가 10여 년의 시간대를 오가며 지조된 것이다. 개인사기 세상에 드러니는 일은 부끄럽다. 그러나 겉으로는 단호해 보일지도 모르는 내 공적인 글들이 이렇게 허술한 내면을 가진 사람에게서 나온 것이라는 고백을 한다는 점에서는 내 본모습을 털어놓는 것 같은 수줍은 떳떳함도 있다.

책 속에 등장하는 모든 분들에게 감사하지만 적이 두려운 마음이다. 기억은 거짓말을 잘하기 때문에 내 기억 속의 그 삶들이 온전히 보관되지 않았거나, 혹은 내가 어느 단면만을 의식적으로든 무의식적으로든 선택하여 간직한 것일 수 있다. 저자로서의 내 독선이 그분들의 마음을 다치게 하지 않았기를 바란다. 특히 나의 소환으로 책에 등장하게 된 내 가족, 책을 넘어 내 삶을 견디게 해주는 소중한 한 사람 한 사람에게, 사랑한다고 말하고 싶다.

몇 분의 기다림과 격려가 아니었다면 이 글 묶음은 책이 되지 못했을 것이다. 15년쯤 전, "사람으로 태어나서 책 한 권은 내야 되지 않겠는가"라는 말로 내게 숙제를 부여하고 기약 없는 시간을 기다려준 마음산책 정은숙 대표, 어찌어찌하여 책을 내겠다고 하고서도 자꾸 뒷걸음치는 나를 끌어주고 밀어준 권한라, 성혜현 두 편집자의 인내와 다정함이 이 책을 만들었다. 삶에서도 글쓰기에서도 내게 선배 같은 후배 이희정은 책을 내야 할 것인가를 고민할 때마다 내게 나침반 역할을 해주었다.

결국 책을 내고야 말게 된 지금, 눈을 질끈 감고 번지점프를 하는 기분이다. 지금 이 순간 내가 의지하고 감사해야 할 분은 어떤 인연으로든 이 책을 만나 책장을 넘기고 있는 당신이다.

머뭇거리며 조심스레 당신에게 말을 건넨다. 나의 이야기가 당신의 이야기로 공명될 수 있는 한 대목이라도 있기를 바란다고. 그래서 우리가 만나지 않더라도 어떤 풍경을 함께 보는 잠시의 순간이라도 나눌 수 있기를, 그것이 당신에게 깊이 내쉬고 들이쉬는 한 숨이라도 될 수 있기를 감히 소망한다고 말하고 싶다.

2021년 7월
정은령

차례

나는 왜 쓰는가

그 기억의 색깔은 황톳빛이다. 가을이었던가. 저녁밥 지을 시간이 가까운 늦은 오후였던가. 초등학생인 나는 유리로 된 약장 진열대 안쪽에서 바깥을 내다보고 있었다. 엄마가 운영하던 약국의 건너편은 시장 입구였고, 늘 오가는 사람들로 붐볐다.

한 여자아이가 약국과 시장 사이의 시멘트 포장도로를 지나간다. 내 또래일까. 나보다 더 어렸을까. 아이는 누런 종이봉투를 양손으로 한 아름 부둥켜안고 있다. 아이가 혼자 들기엔 커 보이는 종이봉투다. 약국 앞을 막 지나가던 순간, 아이가 안고 가던 종이봉투의 밑이 빠졌다. 터진 봉투에서 새하얀 쌀이 쏟아져 내렸다. 순식간이었다. 아이는 울음을 터뜨렸다……. 아니 울음소리를 들었다고 나는 생각한다. 음소거가 된 것처럼, 황톳빛의 대기, 쏟아져 내리는 쌀, 우는 아이의 얼굴만 정지화면처럼 또렷하다. 누군가 어른이 달려왔을 것 같기도 한데, 누군가 바닥에 쏟아진 쌀을 모으며 아이를 달랬을 것 같기도 한데, 내 기억 속의 길에는 아이만 덩그러니 있다.

쌀을 가마니로 팔던 시절, 한 가마니씩 양껏 쌀을 살 형편이 안 되던 사람들은 봉지로 쌀을 샀다. 아마도 심부름을 다녀오던 길이었을 아이는 그 봉지 쌀을 쏟은 것이었다.

여전히 약국 안에서 바깥을 내다보던 나는 아이를 도와주러 나가지도 못하고, 눈앞에서 벌어진 일에서 고개를 돌리지도 못한 채 숨죽이고 있었다. 가슴이 마구 뛰었다. 어떻게 하지. 누가 좀 도와주세요. 머릿속에서 소용돌이치는 생각은 말이 되어 입 밖으로 나오지 않았다.

그날 그 사태가 어떻게 수습되었는지는 지금도 기억나지 않는다. 나는 다만 시멘트 길 위로 쏟아져 내리던 쌀과 울던 아이를 기억한다. 아이의 놀람과 슬픔과 부끄러움을 지켜봤던 어린 내 마음을 기억한다.

목격자가 된다는 것은 도망칠 수 없다는 뜻이다. 무서운 것으로부터 도망치기 위해 아무리 달려도 발이 떨어지지 않는 꿈처럼, 나는 내가 목격한 것으로부터 달아날 수 없다. 침묵을 지키며 보지 않은 척한다 해도. 아무것도 하지 못한다 해도, 무엇인가를 본 이후는 그 이전과 같지 않다.

서울 변두리 동네 시장통에 있던 엄마의 약국은 세상으

로 가는 통로였다. 나는 약국을 찾아오는 사람들을 통해 내가 속하지 않은 세계의 삶들을 엿보았다. 거기에는 하루에도 서너 알씩 값싼 진통제인 사리돈을 삼키며 온몸을 쑤셔대는 통증을 견디는 욕쟁이 야채 가게 할머니가 있었고, 박박 민 머리에 초점 없는 눈빛으로 "삼청교육대에 다녀왔어요. 배가 고파요"라며 돈을 달라고 하던 무섭고도 약해 보이던 아저씨가 있었다. 없는 사람들은 더 없는 사람들을 윽박질렀다. 놀이공원의 거대한 대관람차를 닮았지만 오로지 사람의 힘으로 돌리는 어린이용 관람차를 끌고 다니던 아저씨는 손님을 끌기 위해 시장 입구에 진을 치곤 했다. 어느 날 아이 하나가 관람차 바큇살에 머리카락이 끼어 뭉텅이로 빠져나가는 사고가 터졌고, 아저씨는 아이 엄마에게 온갖 욕설을 들으며 하루 벌이를 약값으로 다 털어냈다. 그 뒤 아저씨의 관람차는 동네에 다시 나타나지 않았다.

약사인 엄마는 약국 문을 닫을 시간인 자정 가까이 울며불며 달려오는 아기 엄마들을 제일 무서워했다. 아이가 열이 펄펄 끓어오른다고, 살려달라고, 매달리는 아기 엄마에게 해열제를 들려 보낸 뒤 엄마는 아침이 될 때까지 잠을 설쳤다. 병원 응급실로 아이를 데려갈 형편이 안 되는 가난한 엄마들에게 약국은 기댈 마지막 보루 같은 것이었지만 그들에게 약을 건네는 엄마는 늘 일이 잘못되면 약화사고라고 덤터기를 쓰지 않을까 조마조마해했다.

소설가 폴 오스터는 1995년 「왜 쓰는가」라는 제목으로 〈뉴요커〉에 기고한 에세이에서 그를 작가로 이끈 몇 개의 일화들을 소개한 적이 있다. 그중 그의 삶을 그 일이 있기 이전과 이후로 갈랐던 것은 여름 캠프에 간 열네 살 때 벼락을 맞고 죽은 친구 곁을, 죽은 줄도 모르고 지켰던 일이다. 1, 2초만 늦었더라면 벼락을 맞은 것이 자기였을지도 모른다고, 34년이 지났지만 반쯤 감고 반쯤 뜬 죽은 친구의 눈을 기억한다고, 그는 썼다.

나는 달랐다. 입 밖으로 나온 말들은 삶이 곡진할수록 그 깊은 사연을 옮기기에 어눌하며, 글은 곧잘 더 말하거나 덜 말함으로써 있는 그대로를 전하는 데 실패한다고 생각했다. 잘 잊지 못하면서도, 잊지 못하는 것들을 기록하지 않았던 것은 말과 글이 도달하려는 것에 결코 도달하지 못한다고 여겼기 때문이다.

글로부터 달아나려 했는데, 결국 글을 향해 갔다. 1988년 5월 신부가 되고 싶어 했던 스물네 살의 말수 적은 젊은이가 "양심수를 석방하라", "조국 통일 가로막는 미국 놈들 몰아내자"라는 구호를 외치고 명동성당 교육관에서 뛰어내렸다. 그 시절 도처에서 벌어지던 죽음이었다. 그가 다녔던 학교의 교지 기자로서, 그가 오르내렸던 도서관의 계단을 오르내리고, 그와 함께 수업을 들었던 친구들을 만나며, 내가 한 번도 만난 적 없는 그의 모습을 조각조각 붙여나가는 동안 나는 글을 쓰는 사람은 되지 말자고 결심했다. 그러나 내 밥벌이를 해야 한다는 목표 외의 어떤 정처도 정하지 못했던 나는 그로부터 일 년 반 뒤, 마치 내 다짐에 조롱을 당하듯 기자가 되었다. 상황으로부터 달아나지도 뛰어들지도 못하는 목격자. 목격한 것의 심연을 드러내지 못하는 글쓰기. 그렇게 나는 어정쩡하게 경계에 선 글쓰기를 시작했다.

내게 글쓰기는 오롯한 목표였던 적이 없다. 글을 쓰고 싶어서 글을 썼던 적도, 글쓰기가 행복했던 적도 없다. 그럼에도 글쓰기를 멈추지 못하는 이유는 외면하지 못해서이다. 터진 종이봉투 사이로 쏟아져 내리던 쌀알을, 절정이 되기도 전에 떨어져 내리는 봄꽃처럼 자신을 던졌던 어떤 청년을, 두려움과 수치심과 외로움과 억울함과 슬픔이 뒤섞여서도 소리 내지 못하고 웅크리고 있던 어떤 얼굴들을, 잊지 못하기 때문이다. 심장에 물이 들듯, 따뜻함으로, 고즈넉함으로, 무심함으로 나를 어루만져주던 사람과 풍경들을 잊지 못하기 때문이다. 그 얼굴과 풍경들은 지금도 내 곁에서 차곡차곡 쌓여간다.

1
안부를 묻다

걷는 사람, 내 동생

물론 죽음은 실패가 아니다. 죽음은 지극히 정상적인 일이다. 죽음이 비록 우리의 적일지는 모르지만, 사물의 자연스러운 질서이기도 한 것이다. 나는 이 진실을 추상적으로 알고 있었지만 구체적으로 이해하지 못했다. 그 진실이 모든 사람에게 적용될 뿐 아니라 내 앞에 앉아 있는 이 사람, 내가 책임져야 할 이 사람에게도 적용된다는 사실을 받아들일 수 없었다.•

오전 6시가 가까웠지만, 겨울밤의 어둠은 여전히 깊었다. 2012년 12월 8일 새벽. 동생이 마지막 숨을 몰아쉬었다.

• 아툴 가완디, 『어떻게 죽을 것인가』, 김희정 옮김(부키, 2015), 18쪽

지난밤 간절하게 오늘만, 오늘 하루만 넘겨보자,라고 빌었던 그 내일이 되었지만, 동생은 다시 아침을 맞지 못했다. 서서히 밝아오는 창밖을 바라보며 나는 병원 복도에 서서 친척들에게 전화를 걸기 시작했다.

세 살 아래의 남동생은 축복 속에 태어난 아이였다. 친조부모가 오매불망 바라던 장남 장손이었던 동생은 집안 어른들의 손에서 손으로 건너다니며 자랐다. 엄마에게 맏며느리로서의 책임을 완수하게 해준 동생은 훈장이었다. "너 태어났을 때는 산모 먹일 미역 싸 들고 오시던 할아버지 할머니가 딸이라는 말을 듣고 오다가 도로 돌아가셨는데, 아들이라고 하니 한달음에 달려와서는 고추부터 꺼내 보시더라." 동생은 잘생긴 얼굴, 누구에게나 척 감아 안기는 다정다감한 성격, 재치 있는 말재주까지 사랑받을 요소를 고루 갖춘 아이였다.

그런 동생이 내게는 늘 불안한 존재였다. 잠시도 가만히 있지 못할 만큼 에너지가 넘치고, 제가 하고 싶은 일은 일단 저질러놓고 보는 동생은 크고 작은 사고를 달고 다녔다. 내 기억 속의 동생의 첫 모습은 유아차 안에서 심하게 버둥거리다가 유아차가 굴러 집 앞 개울로 떨어지는 광경이다.

일하는 엄마는 자신의 부재가 낳는 빈틈을 누나인 내가 메워주기 바랐다. 동생에게 무슨 일이 벌어지든 나는 연대책임을 져야 했다. "네가 누나니까"로 시작하는 엄마의 당부와

꾸중은 어린 나를 무겁게 짓눌렀다. 동생이 무슨 짓을 해도 "사내 녀석이 그럴 수도 있지"라고 눈감아주는 어른들을 보며, 나는 억울했다. 어른들의 너그러운 방임이 동생을 망치고 있다고 생각한 것은 아주 어려서부터였다. '예쁜 내 동생'이라는 생각만 갖기에 동생은 내게 너무나도 버거운 존재였다.

동생 중심으로 돌아가던 어른들의 관심이 내게로 역전되기 시작한 것은 내가 공부 잘하는 아이가 되었을 때였다. 동생은 어른들 말에 따르면, "머리는 좋은데, 공부를 안 하는" 아이였다. 내가 모범생 범주를 벗어나지 않으며 중고등학교를 졸업하고 대학에 합격하는 동안 동생은 공부와는 담을 쌓고 노는 일에 열중했다. 외할머니는 내게 "얼굴도, 공부도, 너하고 동생하고 바꿔 되었으면 딱 좋은데……"라고 한탄하셨다. 장남 장손이 중요한 집안에서는 잘난 딸이 반갑기는 하지만, 그 딸보다는 아들이 더 잘나야 했다. 나와 동생은 그렇게 늘 붙어 있으면서 비교되는 존재였다. 나의 나다움, 동생의 동생다움은 그 자체로 온전한 것이 아니었다.

내가 동생을 버거워했던 것만큼, 동생도 공부 잘하는 누나가 인생의 과제였다. 고등학교 2학년 때 가출했다가 돌아온 동생은 아버지도 어머니도 아닌 내게 화풀이를 했다. "나한테 한마디라도 하면 죽여버릴 거야."

대학을 졸업한 뒤 외국 대학에 편입해서 더 공부해야 한다는 부모님의 바람을 따라 동생은 유학을 떠났지만, 학위과정을 마치기는커녕 스포츠카만 한 대 마련해 돌아왔다. 돌아와서는 사업을 시작했다. 동생의 휘황찬란한 사업 설명에 고개를 끄덕이지 않는 것은 나 하나뿐인 듯했다. 동생의 말을 들으며 집안 어른들은 다 대견해했다. 언젠가는 크게 될 아들이 비로소 성공한 듯이 보였기 때문이다.

부모님이 평생 마련한 재산을 동생이 사업에 쓸어 넣는 데 걸린 시간은 길지 않았다. 동생의 사업이 휘청거리는 와중에 아버지는 혈액암 판정을 받았다. 아버지가 대학병원 응급실에서 진단을 받을 때도, 무균실에서 격리 치료를 받을 때도, 동생은 곁에 없었다. 동생은 아버지 앞에 성공한 자신의 모습을 보여주고 싶어 했다. 그러려면 병원에 있을 수 없었다. 사업을 살리기 위해 술을 마시고, 출장을 다녔다. 바람처럼 나타났다 사라지는 아들이 "곧 벤츠 태워드린다"라는 얘기를 하면, 아버지는 그것이 허망한 약속이라는 걸 알면서도 웃었다.

2005년 가을빛이 맑게 쏟아지던 날, 아버지는 고향의 할아버지 할머니 곁에 묻히셨다. 남쪽 바닷가 도시의 장지까지 먼 길을 함께해준 조문객들에게 유족을 대표해 인사를 해야 하는 순간, 동생은 "누나가 해"라고 말했다. 누나가 해줘. 곤란한 일이 생기면 내 뒤에 숨었던 어린 시절처럼 동생은 나를 바라보고 있었다

"처남이 많이 아파." 전화기 너머 남편의 가라앉은 목소리를 듣던 순간, 나는 밑을 알 수 없는 허방으로 떨어지는 느낌이었다. 2008년 가을, 아이 둘을 데리고 뒤늦게 떠난 미국 유학길의 첫 학기였다. 무슨 일이든 저지를 수 있는 것이 내 동생이었지만, 아픈 동생을 상상할 수는 없었다. 아플 수 없는 아이였다. 어린 시절, 아침이면 눈곱 하나 끼지 않은 말똥말똥한 눈으로 벌떡 일어난다고 사랑받던 생기 넘치는 내 동생, 못하는 운동이 없던 내 동생이 병에 발목 잡힌다는 것은 있을 수 없는 일이었다.

폐암이었다. 만으로 채 마흔이 안 된 나이. 건강한 몸에서는 암도 빠르게 진행된다고 했다. 병원에서는 수술을 해도, 수술을 하지 않아도, 6개월을 넘기기 어려울 것이라고 했다. 동생의 발병과 나의 부재 사이에 인과관계가 없음에도 나는 떠나서는 안 됐다고, 동생을 남겨두고 한국 땅을 떠나서는 안 되는 것이었다고, 내 마음을 매질했다. 혼자서 울 수 있는 시공간은 운전할 때뿐이었다. 아이들을 데리고 서둘러 귀국길에 올랐다. 지도교수에게는 공부를 마치지 못할 수도 있을 것이라는 메일을 남겼다.

양방 치료를 포기했던 동생은 한방 치료로 극적으로 회복했다. 기적이 일어났다고밖에는 설명할 수 없는 일이었다. 한약을 먹고 식이요법과 생활 습관을 철저하게 지켜야 하는 치료법이었다. 회복한 동생은 언제나 그랬던 것처럼 자신만

만했다. 다시 공부를 하기 위해 출국하는 나를 배웅하며 동생
은 아무 일도 없었던 것처럼 손을 흔들었다.

　동생의 재발 소식을 들은 것은 2011년 가을이었다. 동생
은 다시 사업을 시작했고, 담배를 피웠으며, 술을 마셨다. 식
이요법을 지키지 않은 지는 오래였다. 재발하면 자신도 어찌
할 수 없다고 첫 치료에서 동생을 살린 의사는 무겁게 경고
했지만, 동생은 스스로 끄떡없을 것이라고 생각했다. 죽음에
서 한 번 살아 돌아왔지만, 동생은 달라지지 않았다.

　동생의 발병을 알았지만, 나 역시 중도에 그만두기에는
너무 먼 길을 온 뒤였다. 누나가 학위를 마치고 곧 돌아갈 테
니 요양 잘 하고 있으라고, 한 번 이겨냈으니 다시 이겨낼 수
있을 거라고, 몸을 돌봐야 하니 사업을 그만 접으라고 동생
과 이야기했다. 이듬해 8월 귀국하기까지 동생과 나는 그렇
게 전화로 안부를 나눴다. 동생과 대화를 나눠본 것이 처음인
것 같았다. 어느 날은 암 치료를 받으니 머리카락이 자꾸 빠
져서 거래처 사람들을 만나기가 신경 쓰인다며 머리숱이 많
아 보이게 파마를 하러 갈 미용실을 소개해달라고 했다. 미용
실에 다녀온 뒤 "누나, 머리가 잘 나왔어" 하는 동생에게 나는
웃어주었다. 우리는 그렇게 파국은 오지 않을 거라는 듯이 애
써 현실에서 고개를 돌리고 있었다.

　학위를 받고 귀국한 당일, 올케는 동생의 암이 뇌까지 전
이됐다는 소식을 전했다. 내가 고학력 시간제 노동자가 된

것이 차라리 다행인 상황이었다. 일하는 올케가 전적으로 돌볼 수 없는 동생을 돌보며 어릴 때 이후 처음으로 많은 시간을 함께 보내게 됐다.

평생 나와는 너무나도 다른 사람이라고 생각해온 동생은 나와 닮은 구석이 많았다. 동생은 다인용 입원실에서 누구에게 조금이라도 폐를 끼칠까봐 신경 썼다. 긴급수술을 하고 나와 통증 때문에 숨을 내쉬기 어려울 때조차 옆 침대의 사람이 자기 때문에 텔레비전을 보지 못할까봐 텔레비전 볼륨을 높여달라고 부탁했다. 가족들에게 많은 짐을 지웠지만, 누군가에게 사기는 당할지언정 누구를 속이지는 못하는 사람이 동생이었다. 내 마음이 네 마음 같은 줄 알고 형님 동생 하는 재미에 사는 동생은 애당초 사업을 할 사람이 아니었다. 사람이 좋아서 사업을 하는 사람은 사람에 베이게 마련인데, 동생은 베이고도 베인 줄 몰랐다.

걷다가 약해진 다리뼈가 부러지고, 갑자기 호흡이 어려워진 동생을 싣고 앰뷸런스를 탄 채 병원까지 달려가는 동안, 제발 병원에 갈 때까지만 살아남아달라고 아무 신이나 붙들고 기도하는 절박한 순간을 몇 번 겪었다. 입원과 퇴원을 반복하던 동생의 혈관은 끝내 수액도 받아내지 못해 손과 팔뚝이 퉁퉁 부어오르기 시작했다. 동생의 주치의에게 물었다. "선생님 동생이라면 어떻게 하시겠어요?" 의사는 망설임이 없었다. "저는 퇴원시켜 편안하게 해줄 겁니다."

동생의 낙관은 꺾이지 않았다. 곧 나을 것이고, 다시 사업을 시작할 것이라는 열망이 잦아들지 않았다. 그런 동생에게 좀 더 편안하게 치료받을 수 있도록 호스피스로 가자고 말하는 것도, 호스피스를 구하러 다니는 것도 내 몫이 되었다. 동생은 처음엔 완강히 고개를 저었다. 그곳에 가면 살아 돌아오지 못한다고. 의료인인 올케와 내가 동생을 설득했다. 완화치료를 받은 후에 오히려 나아지는 사람도 있다고, 지금의 종합병원은 엑스레이 한 장 찍는 것만도 너무 고통스럽지 않느냐고.

호스피스 병동의 평균 입원 기간이 2주라는 말은, 그 2주를 채우지 못하는 사람이 많다는 것을 의미한다. 동생은 종합병원 병실에 비하면 호텔이나 다름없는 호스피스 병동으로 옮긴 뒤 "살 것 같다"라며 "아버지가 여기 계셨어야 했는데……"라고 말끝을 흐렸다. 온갖 신약으로 마지막까지 공격적인 치료를 받았던 아버지는, 중환자실에서 링거를 주렁주렁 단 채로 임종을 맞으셨다. 의사의 사망 선고를 듣고 난 뒤 나의 부탁은 제발 이제 저 주삿바늘들을 아버지 몸에서 빼달라는 것이었다. 적어도 동생에게 그런 고통을 다시 겪게 하고 싶지는 않았다.

치료가 아니라 환자의 고통 완화에 초점을 두는 보살핌은 받으며 동생은 평화롭게 그러나 빠르게 시위어갔다. 동생은 벽에 기대 앉아 있기도 어려워졌고, 말도 할 수 없는 상태가 되었다. 문병객에게 하고 싶은 말이 있지만 말을 못 할 때, 나는 동생의 입이 되어 감사의 말을 전했다. 내 말을 듣고 나면 동생은 그게 자기가 하고 싶었던 말이라며 고개를 힘겹게 끄덕였다. 평생 어긋났지만, 우리는 서로를 아는 남매였다.

마지막 순간이 올 때까지 사업에 대한 생각을 접지 못하는 동생을 바라보며 나는 동생이 자신도 모르는 채 평생 쫓겨왔을지도 모른다는 생각을 했다. 동생은 "언젠가는 크게 될 놈"이라는 가족들의 꿈을 자신의 것으로 여겼던 것은 아닐까. 장남 장손으로서 번듯해지고 성공해야 한다는 책임감과 자신의 능력 사이에서 "나는 괜찮아, 나는 언제나 괜찮아"라고 말하는 것이 자기 신념으로 입력되어버렸던 것은 아닐까. 그런 동생에게 나는 언제나 자신을 견주어 보아야 하는 힘겨운 잣대가 되었던 것이 아닐까.

호스피스 병동에서는 낮과 밤이 오고 가는 것이 잘 느껴지지 않았다. 이렇게 하루, 또 하루가 가면, 2주일이 지나 한 달이 되고, 한 달이 두 달이 될 것 같았다. 동생이 12월을 넘기고 이듬해를 맞을 수 있을 것 같았다. 그러나 그날은 생각보다 빨리 왔다. 주말 전 회진을 돌던 의사가 보호자와 잠깐 얘기를 나누고 싶다고 했다. "이번 주말을 넘기기 어려울 것 같습니다. 옆에 계세요."

토요일 오후에 올케와 교대를 하기로 했었지만, 그대로 병실에 남았다. 저녁 이후 동생의 산소포화도는 급격히 떨어졌다. 한동안 말도 못 했던 아이가 "여보, 여보"라며 몸 안에 남은 힘을 다 짜내어 올케를 불렀다. 자꾸만 일어나 앉으려고 했다. 무엇이 싫다는 것인지, 계속 도리질을 했다. 급기야 새벽녘에는 침대에서 일어서려고 했다. 두 번이나 침대에서 내려와 똑바로 서려는 동생을 올케와 내가 부축해서 세웠다. 동생은 자신을 때려눕히려고 하는 어떤 힘에 대항해 온몸을 다해서 싸우고 있었다. 언제 숨이 멎는다고 해도 놀랍지 않을 순간에 처음 걸음마를 할 때처럼 두 번이나 자신의 발로 바닥을 딛고 섰던 동생. 그 아이와 함께 살았던 42년 동안 본 가장 치열한 싸움이었다. 동생은 왜, 생의 마지막 순간에 일어서려고 했던 것일까.

2018년 겨울 예술의 전당 한가람디자인미술관에서 알베르토 자코메티 전을 보던 나는 어둠 속에서 조명을 받으며 우뚝 서 있는 조각 〈걷는 사람〉 앞에서 한참을 움직이지 못했다. 앙상한 팔과 다리, 어디로 향하고 있는지 시선조차 불분명한 얼굴, 그러나 그는 걸어가려고 발을 떼고 있었다. 이제 이생에서 내가 할 유일한 일은 걸어가는 것뿐이라는 것처럼.

마지막 밤 두 번을 일어섰던 동생을 떠올렸다. 그 밤, 동생은 자신이 인간으로서 할 수 있는 일을 하려고 최선을 다했던 것이다.

나는 동생에게서 운전을 배웠다. 수동을 몰던 동생은 오토매틱을 모르는 내게 "나 같으면 다리 하나는 창문에 걸쳐놓고 탄다"며 벌벌 떠는 나를 한심해했다. 아침에 자는 동생을 깨우러 가면 눈을 뜨고 내 얼굴을 바라보며 "넌 왜 그렇게 못생겼니?"라고 익살을 떨었다. 내 앞에서 거짓말을 할 때면 동생의 입꼬리는 늘 한쪽으로 올라가며 "뭐가?"라고, 얼버무려대곤 했다. 동생은 대학교 1학년에 갓 입학한 내게, 친구 따라 당구장에 가면 지켜야 할 '대학 교양'이라며 세 가지를 가르쳐줬다. '올라타지 마시오.' '300 이하 맛세이 금지.' '아줌마 낳어요.'

그런 얘기를 들려줄 때면 사람들은 웃는다. 그 웃음들 속에서 동생의 웃음소리를 듣는다. 우는 얼굴이 아니라 웃는 얼굴로, 어려서부터 생글생글거리던 그 얼굴로……

누구에게도 말하지 않았지만, 내 두 조카에게 이것만은 아버지를 기억할 때 잊지 말라고 꼭 말해주고 싶다. 네 아빠는 마지막 날, 두 번이나 일어섰던 사람이라고. 그렇게 끝까지 살기 위해 싸웠던 사람이라고.

캐럴라인의 진짜 인생

　2000년 미국 미시간대 저널리즘 펠로십 동기였던 캐럴라인을 다시 만난 건 2011년 봄 런던에서였다. 무슨 하늘의 뜻이 있었던지, 아이들을 데리고 런던에 가기 직전 10년 동안 연락이 없었던 캐럴라인과 페이스북으로 연락이 닿았다. 그전해에 캐럴라인이 결혼했다는 소식은 다른 친구를 통해 들었다. "미쳐나갈 지경으로 바쁘다"라고 하면서도 "일단 도착하면 꼭 전화하라"라고 캐럴라인은 던지듯 무심히 말했다.

　토박이 런던 사람인 캐럴라인은 2000년 연수 동기 중 유일한 텔레비전 프로듀서였다. BBC에서 2011년까지 20년을 일했다. 연수 시절 내내 캐럴라인은 미국이 200년도 더 전에 영국으로부터 독립했다는 사실을 깡그리 무시하듯이, 미국 문화의 졸렬함과 미국 일상의 천박함을 수시로 신랄하게 비판했다. 미국인 저널리스트 동기가 열세 명이었지만, 캐럴라인의 서슬에 눌려, 미국 독립 만세 한번 외쳐보질 못했다. 흥분하는 만큼 열정도 많고 사람에 대한 호오가 칼로 자른 듯한 캐럴라인인데, 어쩌다 나는 그녀가 혐오하는 인간 쪽에는 안 끼었던 모양이다.

페이스북 메시지를 보냈을 때, "목요일에 BBC를 떠나는데 그 전에 다큐멘터리 편집을 마쳐야 해서 정신없다"라고 하길래, 나는 또 해외 취재를 간다는 건가 했다. 캐럴라인은 10년간 아프가니스탄, 파키스탄, 중국을 주 활동 무대로 BBC 뉴스와 다큐멘터리 프로듀서를 했다. 그 "떠난다"는 말이 BBC를 그만둔다는 말이라는 걸 그녀의 집 앞 버스 정류장에서 상봉을 하고 난 뒤에야 알았다.

10년 만에 만난 캐럴라인은 머리가 더 길어지고, 몸은 더 날렵해지고, 예전의 신랄함보다는 다정함이 깊어진 것 같았다. 결혼하더니 사람 달라졌네 했지만, 사자후 토하는 건 변함이 없었다. 요즘 한국에서는 인터넷으로 〈가디언〉 읽는 사람들이 좀 느는 것 같던데? 했더니, 〈가디언〉의 비 당파 리버럴리즘이 무엇인가, 노동당 신문인 〈데일리 미러〉와 뭐가 다른가, BBC의 적절한 불편부당 보도는 어떻게 지켜지나에 대해 한 30분. 파키스탄은 어떻게 돼가는 거야, 아프가니스탄보다 더 심각해 보이던데? 했더니 언제 자살폭탄테러의 표적이 될지 모르는 외국 기자들의 집단 거주 호텔 얘기부터 시작해,

영국의 식민 잔재, 소련군 철수 이후의 영국 미국의 경제적 지원 없는 무관심, 그로 인해 이슬람 형제주의와도 또 다른 서남아시아 무슬림들의 근본주의가 탄생하게 되기까지의 얽히고설킨 사연을 설명하는 데 또 한 40분.

나하고 아이들은 캐럴라인이 차려준 차와 과자를 먹으면서, 중간중간 "아 정말?", "아 그래서?" 추임새나 넣으면 됐다. 그래서 지루했다는 말이 아니라, 여전히 그렇게 열변을 토하는 캐럴라인을 보니 기분이 좋았다는 얘기다.

결혼 얘기가 나오니까 노트북에 저장해놓은 남편 사진을 좍 꺼내 보여주며 이야기가 늘어졌다. 그때 이미 쉰이 넘은 캐럴라인은 2006년 모로코에서 전직 문학잡지 편집장이며 국제인권운동가인 노르웨이 남자 에릭을 만나 함께 살다가, 2010년 비가 무지하게 오던 11월의 어느 날 런던에서 혼인신고를 했다. 나이 50 넘은 노르웨이 남자랑 영국 여자가 넓고 넓은 유럽 땅 다 놔두고, 모로코에서 만나 결혼하다니, 이게 무슨 〈사막의 라이온〉 같은 스토리인가 했지만 캐럴라인이 그랬다고 하면, "아하" 할 뿐 더 이상 의문을 품지 않게 된다.

둘이 만나 사랑을 꽃피운 모로코에 집을 짓고 있어서 캐럴라인은 3주 후에는 그걸 보러 모로코에 간다고 했다. 그리고 7월에는 남편이 오로지 자기 손으로 지은 북극해 인근의 오두막에서 한 달쯤 여름을 난 뒤 가을에 런던으로 돌아와서 국제 취재 보도 준비를 하는 신참 기자, 프로듀서를 상대로 프리랜서 워크숍 강사로 또 얼마간 일할 거라고 했다. 3개국에 널린 집을 철 바꿔가며 골라 살다니, "캐럴라인, 너 진짜 인생 맛을 보게 됐구나" 했더니 씩씩한 그녀답지 않게 "근데 밥벌이를 할 수 있을지 모르겠어" 한다.

해외 취재 경비가 너무 많이 들어간다는 이유로 25퍼센트의 인력을 감축한 뒤로, 나머지 75퍼센트가 예전보다 훨씬 질 낮은 프로그램을 예전보다 훨씬 더 많은 시간을 들여 만들어내야 하는 몇 년을 버티다가, 그녀는 사랑하던 BBC를 그만뒀다. 그래도 열다섯 살에 신문사 보조 리서처로 저널리즘에 입문한 뒤로, 그 길만을 걸었던 캐럴라인이 다른 생각을 할 수는 없었다. 프리랜서 다큐멘터리 프로듀서로 좀 무게 있는 기획을 만들어 BBC에 콘텐츠를 제공하고도 싶고, 후배들을 가르치는 일도 계속 하고 싶은데, 무엇 하나 뚜렷이 약속된 것은 없으니 기백이 창창한 캐럴라인도 조금은 걱정이 되는 모양이었다.

사람이 제 좋아서 살더라도, 아니 그럴수록 제 밥벌이는 해야 자기한테 책임을 지는 일이라는 것. "잘될 거야"라는 말이 고민하는 사람 앞에는 오히려 무성의한 격려라는 것을 알기에, 그녀의 걱정을 아무 말 없이 그냥 듣기만 했다. 그러게. 3개국의 집에서 번갈아 살려면 비행기 삯이라도 벌어야 하지 않겠는가.

캐럴라인. 난 너를 만나서 참 기뻤다. 우리가 살아서 다시 만날 수 있을지는 너와 나 누구도 답하지 못하겠지만, 난 네가 모로코의 모래바람을 맞으며 있든, 파도가 몰아치는 북극해의 오두막에 있든, 우중충 비가 내리는 네 고향 런던 거리를 걸어다니든, 그렇게 사자처럼 으르렁거리며 살 거라고 생각하면 걱정이 안 돼. 너답게 많이 싸우고, 많이 웃고, 많이 눈물 흘리면서 늙어갈 거라고 믿어. 행운을 빈다, 캐럴라인!

순하고 질긴 사랑

✗

시차 때문인지 뒤척이다 잠에서 깼네요.

시어머니 상을 치르고 어제 아흐레 만에 서울에서 돌아왔어요. 평소 건강한 분은 아니셨지만, 위중하다고 느낄 조짐도 없었기에 '어머니 돌아가셨다'라는 소식을 듣고도 믿질 못했습니다. 여름방학에 한국에 돌아가 어머니 뵙고 온 지 딱 20일 만이었으니까요.

시어머니와 저의 관계는 요즘 말로 쿨했던 것 같습니다. 고부간의 의가 지극히 좋았다기보다는 어머니나 저나, '내 자식도 내 마음대로 안 되는데…….' '내 부모도 내 마음 모르는데…….' 이렇게 한 수씩 접고 서로를 대했기 때문이 아닌가 싶어요. 조금은 달관한 분처럼, 곁돌아도 별 표 안 나는 아들

셋의 둘째 며느리를 덤덤함과 무관심으로 풀어놓아주시는구나 했습니다.

부음을 듣고 아이 둘과 부랴부랴 워싱턴 DC에서 서울로 향하는 비행기를 탔지만 결국 시어머니 입관은 보지 못했습니다. 윗동서가 "여자 염습사가 염을 해서 화장까지 해드렸다, 마지막 모습이 참 고우셨다" 설명하는데, 시이모님이 그러시더군요. "너희 어머니 죽으면 남자 수의 입겠다고 하더니, 그걸 못 했구나"라고. 다시 태어나게 된다면 절대 여자로는 태어나고 싶지 않다고, 남자로 태어나 자유롭게 살고 싶으니 남자 수의 입겠다고 젊어서부터 말씀하셨다고 해요.

1936년생인 시어머니는 평생 전업주부셨습니다. 딸도 하나 없었기 때문에 '일하는 여자'의 삶이 무엇인지 간접적으로도 실감하실 일이 없었죠. 그리고 저는 며느리들 중 유일하게 '일하는 여자'였고요.

19년간 기자 생활하면서는 어린 남매들 얼굴 볼 시간도 없이 밤낮으로 밖으로 돌아치더니, 어느 날 기자 생활을 때려치우고는 아이들 데리고 유학 가겠다는 저를 보며 시어머니가 하셨던 말씀이 뭐였더라. "네가 알아서 할 테지……"가 고작이었던 것 같습니다. 자식이 신앙인 건 시어머니라고 특별히 다르지 않으셨을 텐데, 당신 아들이 며느리 손에 밥을 못 얻어먹고 산든 말든, 며느리가 제 방식의 삶만 고집하든 말든, 어머니는 아무 말씀이 없으셨습니다.

76년간 부려온 시어머니 몸이 한 줌 재로 타들어가는 동안, 그런 생각이 들더군요. 어머니가 속이 썩어도 내 편을 들어주셨구나. 당신이 누려보지 못한 '남자같이' 사는 자유를 며느리한테 주려고, 하고 싶은 말, 서운한 것, 바라는 것 무엇 하나 내게 표현을 안 하셨나보구나. 참는 내색조차 안 하셔서, 나는 그저 어머니가 나한테 덤덤한 분이라고만 생각했던 거구나.

　남편의 어머니로서가 아니라, 한 여자 대 한 여자로서 시어머니를 생각하며 처음으로 눈물을 흘렸습니다. 페미니즘도 휴머니즘도 말해본 적 없는 분이시지만, 자기 인생의 어쩔 수 없는 인연으로 만난 또 한 여자를 당신의 방식으로 도와주셨다는 것이 뒤늦게 느껴져서…….

　제게도 아들이 있으니 언젠가는 시어머니가 될 수도 있겠지요. 그때 제 시어머니를 생각해보게 될까요. 세상의 갖은 이론 다 때려치우고, 그저 한 여자라도 도와라, 라고.

✂

　문상을 와주고 부의를 건네준 누구인들 고맙지 않겠습니까만, 먼 길을 와주셨던 숙부들과 고모부의 모습을 지울 수 없을 것 같습니다. 서울의 장례식장까지 다섯 시간이 걸리는 길을 통영에서 세 분이 번갈아 운전하며 밤 9시가 넘어 올라오셨죠.

이제 세 분 모두 환갑을 지나셨습니다. 고모 성화에 떠밀려 처남들과 함께 길을 나선 고모부는 어린 시절부터 제게는 삼촌처럼 스스럼없는 분입니다. '처외삼촌 묘 벌초하듯'이라는 말도 있는데, 어쩌다 처조카 시어머니 상에까지 나서시게 됐느냐고 농을 했습니다.

"느그 아버지가 살아 계셨으면 우리가 안 왔을 텐데……. 여 안 디다보면, 나중에 죽어서 형님한테 드릴 말씀이 없을 것 같아서, 그래서 우리가 안 왔나."

제 친정은 요란스레 법도 따지고 예절을 챙기는 집안은 아닙니다. 그저 조카가 당한 일에 친정아버지 없는 자리가 휑할까봐, 형님이 살아 계시든 안 계시든 할 도리를 못 하면 죄송하니까, "당연히 와야 할 일이고, 당연히 해야 할 사람 노릇"을 한다고 올라오신 겁니다.

앉으신 지 한 시간이나 되었을까, 고모부가 내일 아침 병원에 정기검진 예약이 돼 있다며, 세 분 모두 일어서셨습니다. 그 시간에 떠나도 이른 새벽에나 도착하실 텐데.

양복을 입은 세 분의 등이 모두 구부정했습니다. 어려서 삼촌들의 그 등에 매달려 자랐습니다. 삼촌 고모들은 그런 저를 이름 대신 "치댐순이"라고 불렀습니다. 차창 너머로 손을 흔들며 떠나시는 세 분을 배웅하는데 눈앞이 흐려졌습니다. 그분들께 제가 받았던 것들을 결코 돌려드리지 못하겠지만,

제가 세상의 어떤 그악한 일을 당하더라도 사람이기를 포기하지 않는다면, 그건 그분들이 어린 제 속에 심어주신 순하고 질긴 사랑 때문일 겁니다.

예수님의 구운 생선 한 토막

종교가 있는 것은 아니지만, 성경을 슬쩍슬쩍 들춰 읽는다. 누구 것인지도 모르는 낡은 한글 성경 한 권이 집에 있었는데, 2011년 영국에 갔을 때 옥스퍼드대학 보들레이안 도서관에서 그해가 킹 제임스판 성경 발간 400주년이라고 전시회를 하는 것을 보고는, 기념품으로 킹 제임스판 성경 한 권을 사 가지고 왔다. 독실한 기독교인인 친구 선애가 선물한 한영 해설 성경도 있다.

성경을 읽으며 구약과 신약이 예수님 오기 이전과 이후로 분리된 기록이라는 걸 나는 처음 알았다. 메시아가 오실 거라고 주장하는 구약이 성경 전체 분량의 4분의 3 정도 되고, 예수님의 행적, 초대 교회의 포교 등을 적은 신약은 4분의 1 정도밖에 안 된다는 것도 처음 알았다. 그 신약 가운데, 마태복음, 마가복음, 누가복음, 요한복음 네 개의 복음서가 다 예수님이 와서 뭐 하고 가셨다는 기록인데, 이게 어떤 행적은 네 복음서 모두에서 언급되지만, 어떤 행적은 어느 복음서에만 있고 어느 복음서에서는 다르게 묘사된다는 것도 처음 알았다. 아, 마가가 Mark이고 누가가 Luke라는 것을 안 건, 킹제임스 성경 덕분이구나. 〈지저스 크라이스트 슈퍼스타Jesus Christ Superstar〉라는 뮤지컬 제목이 영 틀리지는 않는 게, 성경에서도 예수님이 나와주셔야 얘기가 확 뜨는 것 같기는 하다.

독실한 교인들이 들으면 대경실색을 할 소리겠지만, 내가 내 마음대로 읽은 성경에서의 예수님 행적을 정리하라면 딱 두 가지다. "고쳤다"와 "먹었다".

장님을 보게 하고, 나병 환자를 낮게 하고, 걷지 못하는 사람을 걷게 하고, 죽었던 사람을 살리고, 무슨 화타, 편작처럼 고치고 고치고 또 고치시다가는, 누구네 집에 가서든, 아니면 들판에 구름처럼 몰려든 수천 명의 추종자들과 함께든 한국 드라마에서 밥 먹는 장면 나오는 것만큼이나 자주, 먹는 얘기가 나오는 것 같다(물론 금식 기도 하셨다는 얘기가 없는 건 아니다).

돈도 안 받고 없는 사람들 고쳐주는 행적으로 인기몰이를 하는 것만 해도 당시의 율법 해석권을 갖고 있던 기득권층 바리새인들에게 딱 찍힐 일인데, 먹는 것 갖고도 참 입길에 많이 오르내리셨던 모양이다. 세례요한은 굶어가면서 수

행하는데, 당신은 왜 제자들까지 끌고 다니면서 먹느냐, 먹어도 꼭 세리 같은 더러운 인간들 집에 가서 먹느냐, 뭐 이런거…….

그런데 예수님은 다른 모든 문제와 마찬가지로, 이 먹는 문제에 관해서도, 한 치의 꿀림이 없으셨던 걸로 보인다. '10만 원 빚진 사람하고, 1000만 원 빚진 사람 있는데, 빚을 싹 탕감해준다면 누가 더 고마워하겠느냐? 너희들이 생각해도 1000만 원 빚진 사람이겠지? 그래서 내가 죄 적은 사람보다 죄 더 많은 사람 집에 가서 먹어준다, 왜.' 예수님은 털어서 먼지도 안 나는 백이 숙제하고는 절대로 한 배를 타실 분이 못 된다.

먹는 얘기의 백미는 부활 이후에 나타나서 또 잡수시는 거다. 요한복음의 마지막 부분에는 바닷가에 물고기를 잡으러 나간 제자들 앞에 부활한 예수님이 나타나 너희에게 고기가 있느냐 물으시고는 제자들이 없다고 하니, 가서 생선 잡아와라 하시는데 이번에는 그물을 들 수가 없을 정도로 고기가 많이 잡혀 그걸 구워서 제자들과 아침밥 잘 나눠 드셨다는 얘기가 나온다. 누가복음 맨 뒷부분에는 당신이 부활한 걸 도무지 믿지 못하고 가까이 다가오지도 못하는 제자들에게 "뭐 먹을 게 좀 있느냐" 묻더니, 구운 생선 한 토막이 있다니까 그걸 가져오라 해서 보는 앞에서 잘 드셨다고 기록되어 있다.

"얘들아, 난 혼령이 아니고, 육신을 가지고 부활했다니까"라고 말하는데도 감히 아무도 다가와 만지지 못하니까, 뭐 좀 먹자 하고 그 앞에서 맛있게 먹는 모습을 보여주신 예수라니……. 빵이 없어도 사시는 하나님의 아들인데 말이다.

이따금 죽을 먹는다. 어떨 때는 한 주 내내 죽을 먹기도 한다. 크게 아픈 데 없이 사는데, 딱 하나 꼼짝 못 하는 것이라면, 위통이다. 중학교 2학년 때부터 시작된 위통은, 무슨 대단한 병은 아닌데, 그렇다고 덤덤히 넘길 수도 없는 통증으로 나를 귀찮게 한다. 이런 치료 저런 약을 써봤지만, 약을 먹어도 그 순간의 통증을 줄이는 것이지, 근원적으로 통증이 없어지는 것은 아니다. 맵고 짠 음식을 좋아하는 편인데, 입에 당긴다고 매운 것을 겁 없이 먹은 뒤에 주로 탈이 난다. 꼭 음식 잘못 먹었을 때만 위통이 오는 것은 아니다. 긴장할 때, 슬플 때, 낙담할 때……. 마음의 편안치 못함과 쌍을 이뤄 위통은 나를 찾아온다. 속 좁은 인간의 제 발등 찍기라고나 할까.

배 속이 비면 멀쩡한 사람도 우울하기 마련이다. 속이 아파 못 먹는데, 배 속이 허하면 더 가라앉는다. 악순환이다.

그럴 때는 밥에 물을 부어 푹푹 끓인다. 게을러터진 내가 무슨 맛을 내겠다고, 야채라도 썰어 넣고 간이라도 할 리 만무하다. 그냥 끓는 물에 밥알이 물러터지면 김이 나는 죽을 떠서 먹는다. 반찬 한 가지 없이도, 천천히 죽 한 사발을 비우고 나면, 잔뜩 뒤틀려 있던 배 속이 서서히 따뜻해져오고 한숨을 몰아쉬게 된다.

속이 아파도 뭔가는 먹은 것이다. 아프다고 그냥 맥 놓고 앉아 있지는 않은 것이다. 그러니 괜찮아질 것이다. 배 속을 채운 멀겋고 따뜻한 죽이 그렇게 툭툭 마음을 두드려준다. 몇 날 며칠 그렇게 죽을 먹다보면 어느새 다시 밥이 당긴다. 언제 속이 아팠냐는 것처럼.

육신을 가졌으니 병도 드는 것이고, 육신을 가졌으니 좋은 사람들과 더불어 즐겁게 먹기도 하는 거라고 내가 읽은 잘 잡숫는 예수님은 말씀하시는 것 같다. 그렇게 잘 먹은 따뜻한 기억이 있어야 살아갈 힘도 나지 않겠느냐고. 갓 구운 생선 한 토막은 죽 반찬으로도 좋은데…….

어떤 망명자

2010년 1월 3일. 외삼촌에게 인사를 드리려고 아침 일찍 혼자 집을 나섰다. 워싱턴 DC의 유니언 스테이션에서 뉴욕 펜 스테이션까지 왕복 기차표를 끊었다. 새해 첫날, 이 세상에서 저 세상으로 옮겨 가신 외삼촌을 뵈러…….

1월 1일 저녁 외삼촌께 늦은 새해 인사를 하려고 전화를 드렸더니 외삼촌 대신 외삼촌이 남긴 음성메시지가 답을 했다. 위암 투병 3년 차. 최근에는 거의 무얼 드시지 못했다. 상태가 안 좋아질수록 찾아뵙는 걸 허락하지 않으셨다. 그냥 전화만 해주면 좋겠다고 하셨다. 크리스마스이브에 전화를 드렸을 때 거동이 불편하다고 하셨지만, "그래 어떻게 지내는 거야? 전화해주어서 고맙다. 잘 지내라"라는 인사는 여전하셨는데…….

2일 아침 다시 전화를 하니, 크리스마스 연휴에 삼촌 곁에 와 있다던 사촌 오빠가 전화를 받았다.

"새해 복 많이 받아요. 아버지는 좀 어떠세요?"

"어제 낮에 돌아가셨어."

I'm sorry. He passed away on New Year's day.

사촌 오빠가 한국말을 못하는 것이 차라리 다행이었을까.

큰 외삼촌을 뵌 것은 내 나이 서른을 넘겨서였다. 내가 태어나기 전 아내와 아들을 데리고 미국으로 일 년 정도 연수를 다녀오마고 떠났다던 큰 외삼촌은 그길로 이국땅에 뿌리를 내려버렸다. 외할아버지가 세상을 떠났을 때도 돌아오지 않았다. 그건 장남 장손으로서의 내 모든 의무와 권리를 다 저버리겠노라는 결연한 선언이었다.

맨 처음 외삼촌을 뵈었던 게 1998년 뉴욕 출장길이었던가. 1996년 출장 때도 꼭 뵙고 오라고 부모님은 성화를 해댔지만, 난 부러 뉴욕을 떠나기 전날 외삼촌께 급박하게 전화를 해서 만나는 걸 피해버렸다. 돌아가신 외할머니와 엄마는 삼촌이 외할아버지와의 불화 때문에 어쩔 수 없었던 거라고, 세상에 다시없을 훌륭한 사람이라고 늘 안타까워하고 그리워했다. 그러나 나는 외삼촌이 그토록 지우고 싶어 하던 자기 가계인데, 피붙이라는 이유로 그 앞에 나타나기 싫었다.

2년 후 출장길에서는 차마 또 외삼촌과의 만남을 피할

수 없었다. 내 전화를 받은 외삼촌은 링컨센터 근처의 레스토랑에서 만나자고 하셨다. 들었던 대로 외삼촌은 기골이 장대한 노신사였다. 조카를 만나러 오시는 길인데도 말쑥한 정장 차림이었다. 한밤중에 노래를 불러대서 동네 사람들의 원성을 샀다던 외할머니 말씀대로, 듣기 좋은 바리톤의 목소리. 외삼촌은 조카 앞에서도 생각하는 속도만큼 천천히 신중하게 단어를 골라 말씀을 하셨다. 그 첫 만남 이후, 2000년에 연수를 와서 뉴욕에 머무르던 두어 달간, 외삼촌은 자주 나를 뉴저지의 당신 집으로 부르셨다. 외숙모를 암으로 잃은 뒤 은퇴하고는 혼자 책 읽기와 음악 듣기로 하루하루를 보내고 계시던 중이었다.

외삼촌 댁에서는 분가한 사촌 오빠가 쓰던 방이 내 차지였다. 밤이면 허드슨강 위로 뉴욕과 뉴저지를 잇는 조지워싱턴 다리가 환하게 오빠 방의 창을 가득 밝혔다. 외삼촌이 줄곧 그 집에 사는 이유는 한 가지였다. "물이 안 보이는 곳에서는 도저히 살 수 있을 것 같지가 않아서……."

처음 외삼촌 댁에 들어섰을 때 불덩이가 물을 뚫고 솟아오르는 듯한 격렬한 느낌의 유화를 보고는 미술을 전공한 외숙모가 그리신 것이냐고 여쭈었더니 당신이 고향 앞바다를 그린 것이라고 했다. 폐암 전문의 외과 의사로 외삼촌이 평생을 진료한 병원은 영화 〈워터프론트〉의 무대가 됐던 호보컨에 있었다. "그 영화의 부두 노동자 같은 사람들이 내 환자들이었다"라고 외삼촌은 나를 데리고 호보컨의 거리를 걸으며 나직나직 얘기하셨다.

외삼촌을 만난 후 나는 단 한 번도 "그렇게 늘 생각하면서 왜 한번 고향에 다녀가지도 않으셨어요? 이젠 외할아버지도 안 계신데……"라고 묻지 않았다. 외삼촌은 스스로 망명자가 되는 길을 택한 사람이었다. 다른 삶으로 향하기로 결단한 순간, 그리운 모든 것들에 이제 다시는 가닿을 수 없으리라고 각오한 사람이었다. 그걸 느끼면서, "왜 돌아가지 않나요?"라고 물을 수가 없었다.

다른 삶이 외삼촌을 행복하게 했는지 아닌지는 알 수 없다. 그 결단이 외삼촌의 온전한 선택이었는지도 모르겠다. 집안 어른들이 추측하던 대로 미국에 온 뒤 장애가 있는 사촌 동생을 낳은 것이 외삼촌의 결단에 직접적인 이유였는지도. 다만 내가 알 수 있겠는 것은, 외삼촌은 당신의 선택이 가져온 어떤 고통에 대해서도 어느 누구에게 해명하거나 하소연하지 않은 채 비난과 원망을 감수하며 묵묵히 살아왔다는 것이다.

외삼촌이 사촌 오빠에게 허락한 유일한 장례 절차는 지인들만을 부르는 두 시간 동안의 '뷰잉viewing•'이었다. 화장해

• 관을 열거나 닫은 상태로 조문객이 망자에게 마지막 인사를 하는 장례 절차.

서 당신이 간직해온 외숙모의 뼈와 함께 뿌려달라, 그리고 더 이상 아무런 장례 절차도 갖지 말라고 사촌 오빠에게 단호하게 유언하셨다고 했다.

관 속에 누워 계시는 외삼촌은 터무니없이 말랐지만 생전 모습 그대로 정갈했다. 마지막으로 외삼촌의 차갑고 부드러운 손을 잡아보았다. 크리스마스이브의 전화 통화를, 당신은 내게 예정된 작별 인사로 삼으신 거였다. 2009년 12월 31일을 당신이 떠날 날로 정해놓으셨다니……. 사촌 올케는, 외삼촌이 의식이 남아 있는 순간까지 자신이 마쳐야겠다고 생각한 일을 다 하기 위해 진통제 투약도 거부하셨다고 했다.

자, 나는 떠나니, 모두 얼른 털고 일어나서 각자의 삶을 살도록 해요. 우리 모두는 언젠가 떠나니 내 좋았던 모습만 생각하기를. 외삼촌다운 야멸차리만치 깔끔한 인사.

자식들의 삶을 당신 뜻대로 좌지우지하려 했던 외할아버지를 결연히 떠나버렸지만, 외삼촌은 내가 듣기만 한 외할아버지의 모습을 많이 닮아 있었다. 결벽이라 불러도 좋을 깔끔함, 아름답고 빼어난 것에 대한 탐미와 존중, 독선, 그칠 줄 모르는 지적인 호기심.

철저한 무신론자셨지만, 참 소중한 문학적 자산이니 꼭 읽어보라고, 내게 『모세오경』을 건넨 것이 외삼촌이었다. 『이기적 유전자』를 두고 밤을 새울 태세로 끝없이 얘기를 건

네셔서 나를 기겁하게 만들기도 하셨다. 보기만 해도 침이 꼴깍 삼켜질 만큼 욕심나는 외삼촌 서가의 책들은 한 번도 읽지 않은 것처럼 구겨진 흔적 없이 언제나 새 책처럼 서 있었다. 세상을 떠나기 전 가을, 정성스레 싸서 우편으로 보내주신 선물은 주방의 묵은 때를 닦아내는 세제였다. 온화한 미소가 늘 얼굴을 떠나지 않는 겸손한 분이었지만, 수술실에서는 메스 하나만 잘못 건네도 불호령을 내리는 완벽한 의사였다고 30년 넘게 외삼촌과 함께 일했다는 간호사들이 장례식장에서 입을 모았다. 삼촌에게는 자연스러웠을 그 모든 습성들이 주변 사람들을 또한 얼마나 피곤하게 했을 것인가. 칠순의 처제는 "형부, 참 독한 사람이에요. 가는 길까지 당신 뜻대로 하시네요"라고 혼잣말을 하셨다.

마지막으로 뵈었던 여름, 외삼촌이 어느 대목에선가 '긍휼'이라는 단어를 쓰시는 걸 듣고 소스라치게 놀랐다. 사촌 오빠가 미국 사람으로 자랐지만 긍휼할 줄 아는 사람이어서 다행이라고 하셨던가. 자기 뜻대로만 사는 외골수로 보였지만, 긍휼의 슬픔을 가졌던 방랑자, 나의 외삼촌. "멋진 항구가 있어서 내가 참 좋아하는 도시다"라고 외삼촌이 말씀하셨던 볼티모어가 기차의 차창으로 스쳐 지나는 것을 보며, 어쩌면 너의 이 거을 여행도 외삼촌이 계획하셨던 것이 아닌가 싶었다. 젊은 시절 외숙모에게 사주었다는 두 개의 특별한 반지

중 하나를 사촌 올케에게, 다른 하나는 몇 해 전 내게, 아무것도 아닌 양 "네가 가졌으면 좋겠다"라고 물려주셨다는 걸 장례식장에 가서야 알았다. 내게 조카딸이 있노라고 지인들에게 자랑 삼아 얘기하셨다는 것도.

직장을 그만두고 모국을 떠나와 공부를 하겠다고 했을 때 외삼촌은 내 집안의 어른 중 유일하게 "좋은 생각을 했구나"라고 말씀하신 분이었다. '전도유망' 같은 단어는 하찮게 여기는 분이었으니, 무언가 잘되리라는 기대로 내게 하신 말씀이 아니었다. 그 나이에 공부를 해서 이후에 무얼 하겠느냐는 질문조차 내게 하신 적이 없다. 네가 막연하다는 걸 알지만 용기를 내어 그렇게 계속 여행을 해도 좋지 않겠니, 어쨌든 머무르지 않고 탐구한다는 건 좋은 일 아니냐⋯⋯. 그게 당신이 하시려던 말씀이 아니었을까.

삼촌, 제게서 삼촌을 닮은 무엇을 보셨던 거지요? 제 무릎이 꺾이려 할 때면 삼촌이 제 여행을 응원하셨다는 걸 기억할게요. 그냥 바위처럼 멀리서라도 계셔주시는 게 제겐 참 큰 힘이었어요. 삼촌과 조카라기보다는 고집쟁이 동지처럼요. 이제 삼촌의 느릿느릿한 바리톤의 사투리는 마음으로만 듣게 됐네요. 그곳에서는 한없이 고향 바다를 보고 계신가요? 노래도 부르고 바닷물에 풍덩 뛰어들기도 하시고요?

언젠가 제 여행이 끝난 뒤 다시 뵐게요.

너의 장례식엔 라일락을

　왼쪽 건물 1층엔 열쇠 수선집, 오른쪽 건물 1층엔 세탁소. 센트럴파크를 동네 공원으로 삼고 사는 제이슨네 아파트의 이웃 풍경은 5년 전 방문했을 때와 조금도 달라지지 않았다.

　뉴욕에서 하루 낮 하루 저녁쯤 널 만날 시간이 있다고 했을 때 제이슨은 대뜸 "우리 집에 와. 내가 저녁 만들어줄게"라고 했다. 그 좁은 부엌에서 이 더운데 무슨 밥이냐, 밖에서 먹자라는 내 말은 듣는 둥 마는 둥 "생선? 닭? 소고기? 뭐가 좋냐?"라며 그는 혼자 신이 났다.

　제이슨이 세 들어 사는 아파트는 19세기에 지어졌다. 집주인이 바뀌고, 세입자가 들고 났어도, 집의 모습은 그다지 바뀌지 않았다. 4층의 그의 아파트로 오를 때면 "아이고, 아이고"신음 소리를 내는 할머니처럼 계단마다 삐걱거리는 소리가 나서 살금살금 발을 내딛게 된다.

한 사람이 겨우 몸을 돌려 그릇을 씻고, 요리를 할 수 있는 부엌에서 그와 그의 애인은 곧잘 함께 손님을 치른다. 키가 크고 대머리에 뼛속까지 뉴요커이자 유대인이며, 논쟁이라면 지지 않는 민주당 지지자이고 미술비평가인 제이슨은, 누구를 만나 어떤 주제로 얘기를 나누든 곧장 그 사람을 이야기 상대로 만드는 드문 친밀성을 가졌다. 2000년 우리가 펠로십 프로그램 동기로 처음 만났을 때부터 줄곧 밥을 해준 건 제이슨이었다. 들어가는 재료라고는 토마소소스에 바질, 고기완자 정도의 흔한 파스타였는데도 제이슨이 하면 맛있었다.

나와 동기들은 식탁에 둘러앉아 제이슨이 만들어주는 음식들을 먹어가며 밑도 끝도 없는 주제로 웃고 떠들곤 했다. 우리가 제이슨의 식탁에서 맛보았던 건, 그가 만든 요리가 아니라 그의 집을 찾은 누구나를 편안하게 만드는 요란스럽지 않은 환대였던 것 같다.

나보다 아홉 살 많은 제이슨을 처음 만났던 날, 나는 "펠로우들 자기소개를 보니까 너하고 내가 관심사가 비슷해서 친구가 될 것 같아"라고 오지랖 넓은 예언을 했다. 그 예언대로 우리는 친구가 됐다.

펠로십이 끝나가던 2001년의 어느 봄날 앤아버의 골목

길을 걷다가 라일락 향기에 내가 탄성을 지르자 제이슨은 자기도 라일락을 좋아하는데, 미국에서는 주로 장례식에서 쓴다고 했다. 나는 웃으며 그에게 "네가 죽으면 내가 라일락을 들고 장례식에 가줄게"라고 약속했다.

메트로폴리탄 뮤지엄 앞에서 헤어지며 내가 라일락을 들고 장례식에 가기 전까지 이 친구를 앞으로 몇 번이나 더 보게 될까라는 생각을 잠시 했다. 어쩌면 이 친구는 언젠가 내가 이 세상에 없다는 사실을, 더 이상 이메일에 답이 없는 것으로 알게 되지는 않을까.

우리의 앞날이 어떨지는 알 수 없지만, 우리가 함께 밥을 나누어 먹었고, 센트럴파크를 걸으며 "너 운동 그렇게 안 하면 안 된다"라고 나보다 더 나이 많은 제이슨이 내게 잔소리를 했고, 그가 그림과 건축들에 대해 해박한 지식으로 자상하게 설명을 해주었고, 그래서 나 혼자였더라면 무심히 지나쳤을 많은 것들이 풍성한 의미를 갖게 되었더라는 사실이 지워지지는 않을 것이다.

밥 잘 먹었어, 제이슨.

곧 또 만나자.

지도교수, 존

1. 좁은 문

논문 제출 자격시험을 준비해야 하는 박사과정 4학기에 이를 때까지 나는 지도교수를 정하지 못하고 있었다. 이상적인 것은 1학년이 끝날 때 지도교수를 정해서 그이와 함께 이후에 들을 코스를 결정하고 논문 방향도 잡고, 논문 제출 자격시험 위원회도 구성하는 것이지만, 도통 마음을 어느 한쪽으로 기울이지 못하고 있었던 것이다. 내 안에서 갈등은 심각했다.

내 최초의 지도교수인 L은 학계에 영향력이 큰 연구자였지만, 양적 방법은 도통 받아들이려고도 이해를 해보려고도 하지 않는 배타적인 질적 방법 연구자였다. 기자라는 것이 현지 조사와 기획기사를 혼동하기 십상일 만큼 질적 방법에 기울어진 생활을 하는 것이니, 나도 결국은 질적 방법 쪽으로 하게 되지 않겠느냐고 예상했었다. 그러나 학기가 지나갈수록, 연구자 자신이 연구의 가장 중요한 도구가 되어야 하는 질적 방법에서 어떻게 방법론적인 엄정성을 지킬 수 있을 것인가 회의적이었다. 내가 학교에서 만나는 질적 방법 교수들은 양적 방법을 배타하는 인식론적인 무장은 단단했지만, 실제 질적 방법을 자기 연구에 적용해 엄정하게 쓰는 자세는 확연해 보이지 않았다. 질적 방법으로 박사학위논문 디펜스를 하는 몇 번의 자리를 경험하며 그런 내 회의는 더 커져갔다.

L은 내심 내가 자기를 최종적인 박사과정 지도교수로 선택하리라고 믿고 있는 것 같았다. 영향력 때문만이 아니라 자기 연구에서 최선을 다하는 모습의 L을 나 또한 마지막까지 고려하고 또 고려하지 않을 수 없었다. 그러나 그녀가 전문으로 하는 텍스트 분석은 아무리 그걸 잘한다고 L이 나를 평가해준다 해도, 즐겁지가 않았다. 그저 하던 것을 반복하는 것만 같았다. 살아 있는 공부 같지가 않았다.

내 스스로 질적 방법 연구의 성향이 강하다는 것을 알고 있고, 또 그걸 하면 그렇게 어렵지 않게 하리라는 막연한 예감도 있는데 그걸 거스르고 가자니 자신이 없었다. 게다가 수학을 못해 대학 갈 때도 거의 포기하다시피 했는데 양적 방법의 언어인 통계를 과연 내가 몸으로 받아들일 수 있을지 막막했다.

그러다 결국, 내게 더 힘든 길을 가자고 결심했다. 언제나 고민이 될 때는 그렇게 한 것이 나중에는 더 나았다는 과거의 경험을 믿기로 했다. 그렇게 해서 양적 방법 연구자인 존의 연구실 문을 '하는 수 없이' 두드리게 됐다.

2. 존

존은 컬리지의 이단아 같은 존재다. 일단 질적 방법론자가 월등히 많은 학과에서 소수자일 수밖에 없는 데다가 사람들과 쉽게 어울리지 못하는 것도 그를 더 고립되게 한다. 게다가 치명적인 것은 연구자의 두 가지 일, '연구'와 '교수' 중에서 교수가 심하게 비대칭적으로 엉망이라는 점이다.

내 동기들에게도 존은 '상종 못 할 인간'이라고 일찌감치 낙인이 찍혔다. 한 학기도 아니고 겨우 반 학기짜리 수업을 하는데도 공중을 붕붕 날아다니는 얘기를 해서, 학생들이 자진 폐강을 하자는 얘기가 나올 정도로까지 분위기가 험악했다. 나도 심하게 열받은 사람 중의 하나였다.

그러나 내가 눈여겨 찾아보는 논문들이 그가 쓴 것이거나 아니면 그를 인용한 것이라는 사실을 몇 학기에 걸쳐 거듭 확인하게 됐다. 거기에 더 설상가상인 것은 학기를 거듭할수록, 그 공중을 붕붕 날아다니다 파장이 난 수업에서 존이 했던 몇 가지의 말들이 나를 끝내 따라다니는 화두가 되더라는 점이었다. 그때는 무슨 헛소리인가 했던 것이, 방법론에서나 이론에서 아주 중요한 원칙들을 얘기한 것이라는 사실을 인정하지 않을 수가 없었다. 인간은 싫지만, 생각의 갈래는 많이 다른 것이 아닐지도 모른다는 막연한 감. 그래도 첫 학기에 하도 질려서 '할 수만 있다면 이 잔을 제게서 거둬가소서' 하는 심정이었다.

발을 질질 끌며 마침내 존을 찾아갔을 때 존은 마치 제국의 신민이 이제야 자기를 찾아왔구나 하는 태도의 임금님 같았다.

"내가 자네를 첫 학기에 내 학생으로 점찍었는데, 그간 한 번도 오지 않아서 몹시 서운했어."(제정신 박힌 인간이 누가 당신을 찾아오겠어요?)

"난 누가 내 학생이 될지 30분만 수업을 해보면 알지." (아주 돗자리를 까시구려.)

"난 일 년에 박사과정생 한 명밖에는 받지 않아. 교수가 박사과정 여러 명을 한꺼번에 지도한다는 걸 나는 용납할 수가 없어."(이 양반아. 나라도 안 왔으면 올해는 한 명도 못 채울 뻔했네요.)

내가 존을 지도교수로 삼았다는 사실에 대한 동기들의 반응은 딱 잘라, 경악이었다 "너 어쩌자고 그랬니!"부터 "제 무덤을 파는구나"까지 걱정 일색이었다. 그런 반응이 나오는 게 당연한 것이, 존 밑에서 일 년 반 동안 논문을 쓰던 2007년 박사과정 입학생이 존과 멱살잡이까지 가는 싸움을 한 끝에 지도교수를 갈아치운 직후였으니…….

모두의 기대에 어긋나지 않게 존과의 만남은 초장부터 '환장'의 지경이었다. 지도교수이니 당연히 논문 자격시험의 이론 과목 주관자가 되는데, 남들은 읽을 목록을 정해서 한참 읽어가고 있는 시간에 나는 존과 여름 내내 일주일에 한 번씩 세 시간짜리 세미나를 해가며, 매번 시험 예비 도서 목록을 갈아치우고 있었다. 이 책을 내가 평생 어떻게 다 읽으라는 말인가. 혼자서 안드로메다 가는 소리를 하는 존을 보며 "내가 미쳤지, 내가 미쳤어" 가슴을 쳐봐야 이미 소용없는 일. 그렇게 여름을 다 지낸 뒤 존은 아주 가볍게 말했다.

"이제 시험 보면 되지?"

"……."

"왜? 빨리 봐야지? 공부 다 했잖아, 지금까지. 논문 제출 자격시험이란 건 논문의 예비 과정일 뿐이고 즐기라고 있는 거지, 그걸 갖고 뭐 오랜 시간 끌 필요가 없어."

"……지금부터 목록에 있는 것들 한 달은 읽어야 할 것 아녜요."(아, 귀신은 이런 거 안 잡아가고 뭐 하나.)

그렇게 해서 10월 초 가장 험하다는 이론 시험을 제일 먼저 치게 됐다. 존이 내게 보낸 문제는 문제 자체만 3페이지 분량이었다. 문제의 말미에 이런 격려도 잊지 않았다.

"시험을 즐기길 바라."

3. 연구자

내가 논문 제출 자격시험 준비를 하던 때 존은 한 학기짜리 안식년 중이었다. 그런데도 오로지 나와 일주일에 세 시간씩 단둘이 하는 세미나를 위해서 어떨 때는 맡길 데가 없는 그의 어린아이들까지 데리고 꼬박꼬박 학교로 왔다.

그가 세미나를 시작하며 처음으로 한 당부는 이런 것이었다.

"이제부터 자네는 내 동료 연구자야. 학생으로서 배운다고 생각하지 말고 토론을 하자고."

그의 태도는 입에 발린 것이 아니었다. 자기 생각이 강한 사람이었지만, 내가 더듬더듬하는 영어로 주장하는 바를 진지하게 귀 기울여 들어 핵심을 간추렸고, 그걸 자꾸 키워나갔다. 공부는 좋은 동료들과 변증법적인 통합의 과정을 거치며 하게 되는 것이라는 신념을 그는 갖고 있었다.

잔재주를 부리거나, 잔머리를 굴리지도 않았다. 세상일에는 도통 젬병인 것 같았지만, 공부에 있어서는 어떻게 맥락을 짚어야 하는지 본능적인 감이 있는 것 같았다. 한참 어린 후배 교수가 늙은 그에게 와서 연구 디자인과 연구 주제이 적합성 여부 같은 걸 의논하지 않을 수가 없었다.

그런데 이것이 마치 어린아이 같은 솔직성과 결부가 돼서 어떨 때는 사람 입을 다물지 못하게 할 만큼 황당한 상황이 생기기도 했다. 논문 자격시험 위원회가 소집됐을 때, 사달이 나고야 말았다. 지도교수로서 회의를 주재하던 존이 방법론 시험 출제와 채점을 맡은 후배 교수에게 단 한 순간의 망설임도 없이 이렇게 말하는 것이 아닌가.

"자네 통계 잘 모르잖아? 이 시험 어떻게 진행하려고?"

아, 나는 정말 그 자리에서 혀를 깨물고 싶었다. 박사과정 학생도 아니고 교수된 지 5년은 된 사람한테 그것도 타 과 교수까지 참여한 위원회에서 "너 통계 못하는데 어떻게 얘를 평가할래"라니……. 눈앞이 캄캄했다.

회의가 끝난 뒤 방법론 교수를 찾아가 내가 사과를 했다. 자리를 박차고 나가지 않은 것만 해도 감지덕지해야 할 판이었으니까. 그러나 그는 새로울 것도 없다는 듯 씩 웃고 말았다.

그렇게 수시로 어디서 또 무슨 사고가 터질지 몰라 가슴 졸이게 하는 사람이었지만, 연구와 지도 학생에 대한 봉사는 헌신적이었다. 그가 "나는 자네한테 봉사하는 것이 내 직업인 사람이야"라고 말하는 것과 다르지 않았다. 그와 호흡이 맞으면 천국이 따로 없다고 했던 그의 과거 지도 학생들의 말이 허튼소리는 아니었다.

논문 기획서 준비를 위해 파일럿 스터디를 진행하면서,

나는 진심으로 존에게 탄복하게 됐다. 그는 전 과정을 아주 꼼꼼하게 챙겼다. 자기 집에 방이 어디 어디 있는지도 모를 것처럼 두서없어 보이는 사람이 실험 준비를 시작하는 순간부터는 한 치의 오차도 없었고, 생길 수 있는 모든 문제를 아주 사소한 것까지 예견해서 점검했다. 야전을 뛰어보지 않은 사람이라면 결코 알 수 없는 산지식이었다. 그렇다고 그런 세심함으로 나를 압박하지도 않았다. 설문 순서를 짜는 것, 문장을 고치는 것, 참여자들을 모을 때 주의사항으로 어떤 것을 포함해야 할 것인가까지. 아주 사소한 것들이라고 해도 모르면 가르쳐가면서 천천히, 그러나 결코 현장에서 실수하지 않도록 분명히, 그는 내 한 발자국 한 발자국을 챙겼다.

내가 대가라고 해서 만나온 사람들 중에 세부 사항에 꼼꼼하지 않은 사람은 하나도 없었다. 다들 대가는 큰 그림을 그리는 사람이라고 생각하지만, 큰 그림은 방향성이고, 실제 그걸 실현하는 과정에서는 '쫀쫀하다' 싶을 만큼 치밀한 점검과 계획이 몸에 배어 있어야 한다. 그렇지 않으면 결코 천의무봉 수준의 결실이 나올 수 없다는 것을, 일가를 이뤘다는 사람을 만날 때마다 확인했다.

존이 그런 사람이었다. 학과에서는 거의 내놓은 인간 취급을 받는 그의 논문과 연구들이 학계에서 인정받는 데는 연구자로서의 치밀한 내공이 있었다. 말할 때는 늘 안드로메다에 가 있는 것 같지만 그의 논문들은 군더더기 없이 깔끔하다. 나는 그의 논문들이 마음에 든다.

4. 공감

존은 1960년대 반전운동을 격렬하게 했던 사람이다. 지금도 리버럴로서의 정치적 태도가 확고하다. 그는 40이 넘어 스탠퍼드대에서 박사과정을 시작했다. 그전에는 통신사인 UPI의 남미 특파원으로 10년을 일했다.

그가 남미에 있었던 시절에는 쿠데타와 독재자의 양민학살이 마치 일상 같아서, 가는 곳곳에 죽음이 널려 있었다. 수면제를 한 움큼씩 집어삼키지 않으면 잠을 청할 수가 없을 만큼 긴장과 혼돈의 시간이었다고 했다. 자신이 외상후스트레스장애PTSD를 앓고 있다는 것을 알게 된 건 학계의 샛별로 떠오르던 정점이었다. 그는 아주 오랫동안, 심리적으로 무너진 채, 살아내는 것 그 자체가 목표인 날들을 보냈다.

존은 기자를 했다는 사실이 믿기지 않게도 난독증이 있었다. 평생에 걸쳐 그를 괴롭혀온 것은 난독증과 청력의 문제였다. 일찌감치 나빠진 청력 때문에 그는 보청기를 끼고도 언제나 화가 난 것처럼 큰 소리로 말을 한다. 존은 열일곱 살에 아버지를 잃었다. 오래 우울증을 앓던 그의 아버지는 크리스마스 날 자살했다. 그를 겪어갈수록 존이 이런저런 장애와 상처 때문에 자기를 잘 표현하지 못하지만 누구에게도 해코지를 할 수 없는 사람이라는 것을 알게 되었다.

내가 몹시 아프던 겨울 어느 날, 존과 만났을 때였다. 공부고 뭐고 난 이제 다 관심 없다는 투로 존이 하는 말만 멍하게 듣고 있는 내게 그는 이렇게 해봐라 저렇게 해봐라, 공부와는 관계없는 내 건강에 관련된 조언들만을 한 시간에 걸쳐 늘어놓았다. 그러던 어느 순간 갑자기 그의 눈자위가 빨개지기 시작했다. 눈물이 고이는 것을 보고, 나는 뭐에 맞은 듯이 놀라고 이걸 어떻게 해야 하나 곤혹스러워졌다.

"네가 그렇게 힘들어하니 너무 안타깝다. 하지만 견뎌내야 한다, 견뎌낼 수 있다……."

너무 당황스러워, 존의 어깨를 쓸어주며 "괜찮아요, 저는 괜찮을 거예요" 했지만, 당황스러움은 이루 말할 수 없었다. 그러나 그날 이후 그 곤혹의 느낌이 지나간 뒤, 나는 조금씩 정신을 차려보기로 했다.

나를 위해 울어주어서는 아니다. 나여서 울어준 것도 아니다. 그의 눈물은, 약한 것들에 대한 공감에서 나오는 인간의 한 지극한 표현이라는 것을 나는 마음으로 읽었다. 아무리 그의 말이 서투르다 할지라도……. 그래서 나는 지금은 존을 연구자로서나 한 사람의 인간으로서나 내가 만날 수 있었던 최상의 지도교수라고 생각한다.

내가 나여서 미움받을 때

아들이 전역한다. 부대 문을 빠져나올 때까지는 결코 마음을 놓을 수 없으리라. 그럼에도 불구하고 이제 엿새 후면 집으로 돌아온다는 사실에 감사할 뿐이다.

아이가 무사히 군생활을 겪어낸 것은 결코 제가 잘나서가 아니다. 눈에 보이는 혹은 보이지 않는 손길들의 보살핌이 없었다면, 몸 성히 제대하는 일은 가능하지 않았을 것이다. 그래서 세상 열두 방향을 향해 "감사하다"라고 절을 하고 싶다.

아들이 입대한 뒤 흔하던 것들이 얼마나 귀한지를 알았다. 논산 훈련소에서 5주간의 신병 교육을 받는 동안은 아들한테 걸려올 전화를 놓치지 않는 일이 가슴이 바짝바짝 타들어갈 만큼 중요한 일이었다. 최대 5분인 통화 시간 동안 아프지 않냐, 밥은 잘 먹냐, 똑같은 말들을 반복하고 확인하면 그 순간만큼은 마음이 놓였다.

아들을 논산 훈련소에 데려다주고 오던 날, 연병장에서 아들과 마지막 인사를 나눈 뒤 떨어지지 않는 발걸음을 옮겨 부대 내 성당으로 가서 아들에게 전해줄 편지를 썼다. 기도하는 탁자 위에 편지지를 올려놓고 글을 쓰는데, 누군가 탁자 위에 새겨놓은 한마디가 외마디 비명처럼 눈에 밟혔다. '도망쳐.' 심장을 면도날로 베이는 것 같았다.

아들이 군생활을 끝내는 지금까지도 내내 잊히지 않는 사람이 하나 있다. 신병 훈련이 끝나는 날 보았던 아들의 동료다.

신병 훈련소의 훈련을 마치는 날에는 자식들을 보러 온 부모들 앞에 이제 이병이 된 신병들이 손발을 맞추어 중대별로 행사장에 입장한다. 이때는 누구나 자기 아들 찾기에 바쁘다. 마침내 아들 중대의 순서가 되어 입장하는데 아들을 보던 남편이 고개를 갸우뚱했다. "저 녀석 왜 저렇게 발을 못 맞춰? ……아, 아니구나. 앞의 애가 못 맞추는 거구나."

마침내 달려가서 와락 아들을 안는데, 아들 앞에 섰던 발을 못 맞추던 아이도 가까이 서 있었다. 아이의 얼굴에 표정이 없었다. 앞을 바라보고 있는데, 아무것도 보지 않는 것처럼 눈동자가 텅 비어 있었다. 옆에 선 ㄱ 신병의 엄마는 안절부절못하는 모습이었다.

가족들과 몇 시간을 보내는 것이 허용되는 동안, 아들에게 챙겨온 음식들을 먹이며 물었다. 왜 앞에 선 아이가 그렇게 발을 못 맞췄던 거냐고.

"관심사병이에요. 훈련받는 동안 많이 힘들어했어요."

대한민국 청년 대부분이 가야 하는 군대라고, 대한민국 청년 누구나가 그곳에 맞는 것은 아니다. 어제까지 제 자유를 누리던 아이들이 새벽 점호에 맞춰 기상하고, 낯선 음식을 먹고, 낯모르는 아이들과 한 방에서 잠드는 일이 쉽겠는가. '남들도 다 하는 일'이지만 내가 남이 아니기 때문에 할 수 없는 일일 수도 있는 것이다. 그 다름이, 그저 다름이 아니라 이상한 일, 부적응자가 되는 곳에 제가 좋아서도 아니고 의무로 가는 것이다.

아들의 제대를 앞두고 나는 또 다른 잊지 못하는 얼굴을 갖게 됐다.

변희수 하사.

그는 남들이 가기 싫어하는 군대를, 자원해서 간 사람이다.

남성에서 여성으로 성전환수술을 했고, 전차 조종수였다. 하사를 마치면 장기 복무를 신청하려 했던 사람이었다. 남자에서 여자로 바뀌었다는 사실이, 군인이고 싶다는 그의 또 다른 정체성을 바꾸지 않았다.

그러나 국가는 그의 성별 정체성 변화를 변화가 아닌 '심신장애'로 판정해 그의 직업을 빼앗았다. 군은 성전환수술을 성주체성장애로 분류했고, 그는 강제 전역됐다. 그에게 남성이 갖추어야 할 성기가 없다는 것이 군인으로서, 전차 조종수로서 살아가고 싶다는 그의 희망이나 능력과 무슨 관계가 있는가.

남성에서 여성이 된 음악가가, 여성에서 남성이 된 변호사가, 여성이나 남성으로 자신을 규정하지 않는 교사가, 그 존재 자체로 사회를 위험에 빠뜨리는가. 오히려 우리는 이렇게 다양한 모습으로 각자 자기 몫의 삶을 살아내고 있다는 무지개 같은 다양성을 드러내는 것이 아닌가? 각자의 존재가 그 자체로 인정받을 때 사람은 자신의 최대한을 실현하며 살 수 있다. 내게는 레즈비언 부부인 미국인 친구들이 있다. 그들은 각자 자기 분야에서 성취를 이룬 직장인들이다. 정자 공여를 통해 두 딸도 낳아 기르고 있다. 거기에 이르기까지 수많은 곡절이 있었겠지만, 적어도 내가 본 친구들은 자신이 자신이라는 이유로 주눅 들지 않았다.

아주 어린 나이에 안경을 썼던 나는, 종종 이런 말을 듣곤 했다. "여자가 재수 없이 안경까지 써가지고⋯⋯." 여자인 것도, 눈이 나쁜 것도, 내가 선택한 것은 없었다. 그것을 부끄러워해야 할 이유도 없었다. 그러나 60명이 한 반인 초등학교 교실에서 안경 쓴 아이는 고작 한두 명이던 시절, 나의 존재는 예외적이었다. 그 예외성 때문에 나는 공격의 표적이 됐

다. 내가 나라는 이유 때문에……. 그리고 그 공격 앞에서 나
는 맞서기보다는 움츠러들었다.

변희수 하사는 그 자신이라는 이유로 군으로부터 추방
당했다. 정직한 군인으로서 정직하게 자신을 드러낸 것이 강
제 전역의 이유가 됐다. 군인으로서도, 한 인간으로서도, 자
신에게 성실했던 그를 대한민국에서 가장 단단한 제도가 부
적격자로 판정했다. 가고 싶지 않은 사람들도 데려가는 군대
가, 누구보다도 군인이고 싶어 했던 사람을 쫓아냈다.

세상엔 같은 얼굴 하나 없다. 그 다름을 누구의 잣대로
옳다거나, 그르다고 할 것인가. 누구를 해한 것도, 사회의 안
녕을 공격한 것도 아닌 한 사람을 오로지 성적 정체성으로
판단해 적격과 부적격의 딱지를 붙일 수 있나.

이 애꿎은 젊은이를 잃은 것에 억장이 무너진다.

단단한 슬픔

우리는 허리를 굽혀 인사했다. 상대에 대한 마음을 다해 정중히.

2020년 1월의 겨울밤이었고, 나는 오로지 그를 가까이서 보고 싶다는 마음에 서울을 동쪽에서 서쪽으로 가로질러 금요일 밤의 홍대 앞으로 갔다. 그가 공동 강연자로 나선 『열여덟, 일터로 나가다』라는 책의 북토크였다. 행사가 끝난 뒤 그가 한 사람 한 사람 인사를 나누는 동안 나는 계속 그에게 할 인사말을 고르고 있었다. "수고 많으십니다"는 아니었다. "감사합니다"도 마뜩지 않았다. 내 입속에서 뱅뱅 돈 것은 "아드님이 참 잘생겼어요"였다. 그에게는 언제까지나 현재형일 아들에 대해, 그 아들의 죽음에 대한 애두가 아니라 그가 얼마나 아름다운 청년인가를, 당신에게 얼마나 자랑스러운 아들일까를 얘기하고 싶었다.

마침내 마지막에 섰던 내 차례가 되었다. 그러나 그 앞에 섰을 때, 나는 아무 말도 할 수 없었다.

슬픔이 결정結晶이 되어 단단히 빛난다면 이런 것일까. 그는 단단히 빛나고 있었다. "와주셔서 감사합니다." 미소 지으며 인사하는 그에게 내가 무엇이라고 말했는지는 기억나지 않는다.

김미숙 씨. 김용균의 어머니. 나는 그와 그렇게 조우했다.

화이트칼라 노동자였고, 노동자인 내게 '노동'이란 말은 여전히 서걱거리는 단어다. 땡볕 한 줄기 쪼이지 않고, 찬바람 맞지 않는 일을 하는 나도 노동자라는 말을 해도 되는 것일까 뒷걸음치게 된다. 오직 나의 노동 때문에 누군가의 감정의 쓰레기통이 되어본 기억은 돌이켜봐도 그다지 없는 내가, 몇백 원의 임금 상승을 위해서 목청을 높이고 제대로 된 구내식당 밥을 먹기 위해 농성까지 해야 하는 상황을 거치지 않은 내가, 노동이라는 말을 입에 올려도 되는가 스스로 말문이 막힌다. 하루아침에 구조조정이라는 명목으로 일자리에서 쫓겨난 뒤, 복직을 위해 '찬바람 부는 날 거리에서 잠들 땐 (…) 세상에 내버려진 채 영문도 모르는 사람들에게 귀찮은 존재가 됐는지'●를 겪어보지 않은 내가, '나도 일하는 사람'이라는 구실로 누군가의 곁에 서 있을 수 있는 것인지 쭈뼛

거려졌다.

충남 태안에 한국서부발전이라는 회사가 있는지 몰랐다. 그 발전소에서 내가 사는 수도권에 전기를 공급한다는 사실도 몰랐다. 김용균이라는 스물네 살의 청년이 2018년 12월 11일 자신이 점검하던 컨베이어벨트에 스러지는 사건이 없었다면, 평생 단 한 번도 생각해보지 않았을 일이다. 사건이 있은 후 나의 페이스북 타임라인에 올라온 그의 사진이 나를 응시하지 않았다면, 아마 나는 이 사건에서조차 비켜갔을 것이다. 안전모와 안경, 방진 마스크를 쓴 그는 "문재인 대통령, 비정규직 노동자와 만납시다"라는 손 팻말을 들고 있었다. 팻말의 아래쪽에는 "나 김용균은 화력발전소에서 석탄 설비를 운전하는 비정규직 노동자입니다"라고 그가 손으로 쓴 자기소개가 있었다.

2018년 12월 22일. 나는 광화문 광장에 섰다. "비정규직 철폐하라! 죽음의 외주화 중단하라! 우리가 김용균이다"라고 외치는 대열 속에 서 있었다. 무엇이라도 하지 않을 수가 없었다. 행진이 시작되기 전 김용균의 어머니 김미숙 씨는 호소문을 읽기 전에 김용균이 어렸을 때 불러주던 자장가를 나직이 불렀다. 모차르트의 자장가였다. "잘 자라 우리 아가, 앞

- 꽃다지의 〈내가 왜?〉(정윤경 작사, 작곡) 중에서

뜰과 뒷동산에······."

그것은 비정규직 노동자 김용균이 어떤 사람이었는가를 그의 어머니가 생생하게 살려내는 것이었다. 김용균은 엄마의 자장가를 듣고 자란 사랑받는 사람이었다. 어려서는 병치레가 잦아 그저 건강하게만 자라는 게 부모의 바람이었던 애지중지하던 아이였다. 엄마한테는 딸 같은 아들이었다. 세상에 하나뿐인 귀한 사람이 비정규직 노동자라는 이름표를 달고는 사지에 던져졌다. '원청은 하청을 책임지지 않고, 하청은 자기 공장이 아니라는 이유로 아무런 안전 조치를 내리지 않는 사각지대'(「김용균 보고서」•• 중에서)에서 2인 1조 노동이었다면 구할 수 있었을 목숨을 빼앗겼다.

자식을 앞세운 마음을 나는 감히 상상하지 못한다. 다른 곳도 아닌 일터에서 가족을 잃은 억울함을 나는 감히 헤아리지 못한다. 김미숙 씨는 그 지옥에서 "용균아 내가 너다"라며 살아가고 있다. 아들의 사고 현장을 찾았을 때 동료들을 향

•• 2019년 9월 고 김용균 사망사고 진상규명과 재발 방지를 위한 석탄화력발전소 특별노동안전조사위원회는 747쪽에 이르는 「고 김용균 사망사고 진상조사 결과 종합보고서」를 발간했다. 위원회는 김용균의 일터에서 '위험의 외주화'가 구조화했으며, 안전의 최후 보루라 할 수 있는 2인 1조 운영에 대해서는 구체적인 지침도, 수행할 충분한 인력도 없었다는 것을 밝혀냈다.

해 그가 절박하게 외친 말은 "빨리 나가. 여기서 나가야 한다. 우리 아들 하나면 됐다"라는 것이었다. 김용균재단 이사장이 되었을 때 그가 한 다짐은 유가족으로서 유가족을 돕겠다는 것이었다. 사람을 기리는 것이 아니라 싸울 수 있는 조직을 만들겠다고 했다. 아들이 아니었다면 그는 비정규직 노동자로서, 휴일도 반납하며 일하면서 가족의 뒷바라지를 했을 사람이었다. 그의 삶은 송두리째 바뀌었다.

아들의 2주기가 되던 2020년 12월, 김미숙 씨는 국회 본관 앞에 있었다. 중대재해기업 처벌법 제정을 촉구하며 그처럼 일터에서 아들을 잃은 CJ ENM 이한빛 PD의 아버지 이용관 한빛미디어 노동인권센터 이사장과 함께 29일간 단식 노숙 농성을 벌였다. 현장을 찾은 여당 국회의원들이 법 통과가 안 되는 이유에 대해 야당 탓을 했을 때 그는 본질을 꿰뚫는 한마디를 던졌다. "여태까지 여당이 다 통과시켰잖아요. 그 많은 법을 통과시켰는데 왜 중대재해기업 처벌법은 꼭 야당이 있어야 해요?"

수정처럼 맑고 단단한 슬픔은 어둠에 모든 것이 묻힌 세상을 비춘다. 아들이 스러져간 어둠 속의 터널을 김미숙 씨는 그렇게 밝히고 있다.

2

귀한 시간

겨우살이 채비

봄에 산 옷이 가을에 맞지 않을 만큼 둘째가 부쩍부쩍 자랐다. 키만 크는 게 아니라 살이 어찌나 쪘는지…….

날은 추워지는데 아이에게 맞는 옷이 없어 서둘러 겨울옷을 사러 다녀온 뒤, 작아진 옷들은 사촌들이든 이웃에게든 물려주려고 정말 더는 못 입겠는지 한 벌 한 벌 입혀봤다. 옷 욕심이 없는 아이인데도 제 딴은 애착을 품은 것들은 뻔히 배가 드러날 지경인데도 꼭 맞는다고 우기고, 평소에도 썩 마땅찮던 옷들은 선뜻 동생들 주라고 한다.

연년생 남매를 키우며, 아이들 갓난쟁이 때부터 가능하면 어떻게든 한 해라도 더 입히고 더 신기려고 옷이든 신발이든 남녀 성 구별이 안 되는 것으로 사 버릇했다. 그러다보니 큰아이는 여자아이 것 같은 옷을 썩 못 입어봤고, 둘째는 새 옷, 새 신발보다 물려 입은 옷과 신발 가짓수가 늘 더 많았다.

그렇게 세 해, 네 해쯤 입고 작아졌어도 새것처럼 멀쩡한 옷가지들이 적지 않다. 아이가 제 누나한테 물려 입은 흰 셔츠 두 벌을, 물려줄 옷가지 보퉁이에 넣으려다가 내가 입어봤더니 소매가 좀 짧다 싶을 뿐 품은 맞춤이다. 겨울 스웨터 안에 받쳐 입으면 되겠다 싶어 옷걸이에 걸다보니 "이젠 너희들 옷을 내가 물려 입는구나" 절로 혼잣말이 나온다.

옷만 그런 게 아니다. 온돌이 없는 바닥에서 올라오는 냉기가 만만찮아서 겨울용으로 털이 들어간 슬리퍼를 내 발에 넉넉하다 싶게 사왔더니, 두 녀석 다 "발에 꼭 낀다"고 아우성이다. 이런 곰 발바닥 같은 녀석들…….

세상을 떠나신 이청준 선생 말씀 중에 잊히지 않는 건, 당신이 소설에도 쓰신 얘기지만, 어려서 어머니가 선생의 발을 만져주던 이야기다. 하루 벌어 하루 사는 빠듯한 삶 때문에 어린 아들이 잠든 뒤에야 집으로 돌아오곤 했던 선생의 홀어머니는, 잠든 아들을 보면서 얼굴도 손도 아니고 선생의 어린 발을 그렇게나 애지중지 만져주셨더란다. 그게 좋아서 잠든 척하고 있으면 발을 만지며 어머니가 애달픈 목소리로 이런 말씀을 하셨다지.

"아이고 이 작은 발로 하루 종일 일나나 험한 곳을 놀아 다녔기에 이렇게 생채기가 생겼을까."

깨어 있는 아이들을 보는 시간이 하루에 채 30분도 되지 않던 직장 생활 내내, 나도 잠든 아이들 발을 만져주곤 했다. 부드러운 고무 같은 아이들의 발을 만지다보면 이렇게 앞뒤 없이 하루하루를 사는 인간이 어쩌자고 아이들을 이 세상에 데려왔는가 더럭 무섭고도 슬픈 생각이 들어 목젖이 뜨거워지기도 했고, 이 작은 발들이 언젠가는 단단하고 커다란 발이 되어 아주 멀리까지 가겠지, 가는 길에 여러 번 넘어지더라도 두려워하지 말고 단단히 땅을 딛고 일어나서 네가 가려던 길로 가거라 기원하기도 했다.

박경리 선생이 참으로 강하고 독한 분이다 생각했던 건, 그분의 글 때문이 아니라 손자를 기른 일화 때문이다. 사위 김지하 시인이 교도소에 갇혀 있고 외동딸이 남편 옥바라지에 치여 정신을 놓고 지내던 동안 박 선생은 젖먹이 손자를 돌보며 연재 중이던 『토지』를 썼다고 했다.

그 시절 댁으로 선생을 뵈러 갔던 언론사 선배 말씀이……"아 글쎄 애를 업고는 선 채로 창턱에 원고지를 올려놓고 원고를 쓰고 계시더라고. 밥할 시간이 없다고 북어를 뜯어 잡수시면서 말야."

박 선생 생전에 내가 그 어른 안의 무시무시한 힘을 체감했던 것도 손자 기르는 얘기를 하실 때였다.

"이 세상에서 제일 힘들고도 좋은 기분이 드는 때가 언제인지 알아? 노상 등에 업던 애가 무거워져서 아이고 이젠 이놈을 더는 못 업겠구나 싶을 그때."

세상의 어린 생명들은 누군가의 등에 업혀 비바람을 피하고, 누군가가 그 어린 발을 만져주며 잘 자라거라 기원해주는 공덕으로 마침내 땅을 딛고 일어서서 걸어간다. 나 또한 그런 어린 생명이었을 게다.

어른이 된 나는, 내 발은 더 이상 자라지 않으니 다행이라는 생각이나 하는 정도이다. 다음 겨울이면 아이들에게 작아진 슬리퍼가 내 차지가 되겠구나.

세 번 생각하고 백 번 인내

1. 아들의 축구 게임

아이들을 키우면서 박사과정을 거치는 동안 가장 힘들었던 건, 아이들을 과외활동에 실어 나르는 일이었다. 학원 셔틀버스라는 것이 없는 미국 문화에서는 모든 것이 부모 몫이었다. 대학원 수업의 과제를 몰아 하기에도 부족한 주말을 길에서 보내야 했다.

어느 일요일, 아들 녀석 축구 게임이 오후 3시에 잡혀, 데려다주고 데려왔다. 아들에게는 이 세상에 관심 있는 일이 딱 두 가지인데, 하나가 축구고, 다른 하나가 프라모델 만들기다. 귀차니즘을 인생철학으로 삼은 게 한 다섯 살 때부터인 것 같은데, 일주일에 연습 두 번, 경기 한 번인 축구는 빠지면 큰일 나는 줄 안다. 그렇다고 뭐 축구를 잘하는 건 아니다. 그냥 좋아서 하는 거다.

전반전 30분 동안에는, 대학 졸업 후 처음 연락이 닿았는데 바로 이웃 동네에 사는 걸 확인한 과 선배 언니와 수다를 떨다가 하프타임 끝나고 후반전 할 때 어슬렁어슬렁 응원석에 고개를 들이밀었다.

맨유 대 첼시 게임도 아니고 동네 애들 축구인데 내가 어떻게 전, 후반전을 모두 집중할 수 있겠는가. 나는 가 있으려면 주리가 틀리는데, 다른 부모들은 햇빛 가리개가 있는 낚시 의자, 소풍용 돗자리, 담요 등등을 챙겨 와서는 그라운드 바깥에 앉아 경기 내내 소리를 지른다.

이혼한 부모가 세 쌍쯤 되는데, 부모 둘이 번갈아 오든가, 전 남편하고 현재 남자 친구가 같이 와서 세 사람이 앉아 있든가 하지, 애만 보내는 경우는 없다. 이혼을 해도 애들 운동 경기며 음악 수업 같은 데 아이들을 서로 번갈아 실어 나르느라, 대개 차로 반경 30분 이내 거리에 산다. 친정 엄마는 그 소리를 듣더니 "귀찮은데 그냥 살지" 하셨다. 그러게 말이다. 각자 자기 인생을 찾아나가도, 애들 생활에 변화는 가급적 안 주려고 애쓰는 부모들. 자식 때문에 죽고 산다는 한국 부모들하고 여기 부모들하고 어느 쪽이 더 아이 관점에서 아이한테 지극한 건지 잘 모르겠다.

여기 운동 팀은 반드시 선수 중의 한 아이의 부모가 코치를 맡아야 한다. 아들 팀 코치인 딜런 아버지는 펜타곤에 근

무한다는데, 아이들을 지휘하는 게 정말 장군님 같다. 코치가 한마디 하려면 열 마디 떠드는 열세 살짜리 머슴애들을 붙잡고, 스포츠맨십을 가르친다.

끝나고 나면 제일 먼저 "심판 감사합니다", "부모님 와주셔서 감사합니다" 이런 마음에도 없는 소리를 꼭 합창하게 하고, 전, 후반 경기의 흐름에서 무엇이 좋고 나빴는지를 복기한다. 상대 팀 애라도 잘하는 걸 보면, 경기 중에 큰 소리로 칭찬을 해준다. 코치만 보면 국가대표 수준이다.

팀 스포츠의 좋은 점은 저 혼자 잘해서는 안 된다는 것. 스트라이커로 골 넣을 욕심만 내는 녀석은 아무리 잘해도 애들한테 욕먹고, 수비하는 녀석은 공격 나가고 싶어서 안달이 나도 자리를 비울 수 없다. 욕심이 나도 각자 자기 맡은 영역을 지켜야 하고, 승리하려면 자기가 골을 넣고 싶어도 더 좋은 위치에 있는 아이에게 패스를 해야 한다. 교과서적인 말이지만 '협동', '공존'을 그렇게 배우는 것이다.

한국에서도 아들은 축구팀에 있었는데, 그때와 다른 룰이 있다. 경기 중에 누군가 조금이라도 다친 애가 생기면, 즉시 양 팀 아이들 모두 무릎 한쪽을 땅에 대고 꿇어앉는다. 아이가 일어나거나 교체될 때까지. 그럴 땐 어린 신사들을 보는 것 같아 감동이다. 한국에선 다친 아이가 울고 나가도 경기 중단은 없었다.

맨날 놀다가 애들이 어디 데려다달라고 하거나 그러면,

공부할 시간도 없는데 하고 구시렁구시렁하며 데리고 나가지만, 오늘은 어찌나 날이 맑고 찬란하던지 운동장의 풀들이 다 빛이 났다. 돌아오는 길에 아들에게 "네 덕분에 엄마 바깥 공기 잘 쐬었다"라고 했다.

2. 딸의 드레스

오늘은 나름 교양 있었지만, 어젯밤에는 딸애 때문에 완전히 뚜껑이 열렸다. 11월 첫 주에 학교에서 홈커밍 파티를 한다는데, 그때 입을 칵테일드레스를 사러 나간 게 벌써 세 번째. 어제는 "오늘은 꼭 사야 한다. 더 이상 너 못 데리고 나온다" 다짐을 하고 나갔는데, 함께 간 친구까지 두 녀석이 세 시간 동안 전화가 불통이다가, 쇼핑몰 문 닫을 시간 가까이 되어서야 전화가 와서는 "엄마 와서 한번 봐주세요" 한다. 정말 마음 같아서는 드레스를 입든 포대 자루를 입든 네 맘대로 해라 하고 싶은데, 친구 그것도 한국 아이도 아닌 친구가 있어서 집에 올 때까지 꾹 참느라 식은땀이 다 날 지경이었다.

고등학교에 가더니 딸애는 안경도 벗고 콘택트렌즈를 꼈고, 아침에는 학교 가기 전 옷 고르고 액세서리 고르느라 한 20분은 걸린다. 이것저것 입어보다가 던져놓고 학교로 가니 하교 간 뒤에 보면 침대와 마루바닥에 옷이 엉망으로 널려 있다. 이런 방에서 어떻게 그런 애가 나왔나 싶다. 딴 건다 어른인 척하는 주제에 왜 제 방도 안 치워, 신경질이 나지만, 방 치워라 하고 잔소리는 할지언정 버릇될까봐 어지간해서는 대신 치워주지 않는다.

아이들은 엄마도 늘어놓고 지낸다고 하지만, 나는 물건이 어지럽혀 있는 것과 손톱이 긴 것은 불편해서 잘 못 참는다. 저희들과 비교하면 천지 차이. 그런데 아들도 딸도, 자기들이 그렇게 어지럽혀놓는 게 전혀 불편하지 않다고 한다. 자기들은 물건이 어지럽게 널려 있어도 정신 사납지 않다는 거다.

너희들 이렇게 하면, 밖에 나가 쟤는 집에서 뭘 배웠나 그런 소리 듣게 된다, 학교 공부만 공부냐, 이런 게 사는 데는 더 중요한 공부다, 뭐 이런 소리를 허구한 날 하지만, 또 한편으로는 내 눈에 맞는 것과 아이들 편한 것이 똑같을 수 없다는 사뭇 이성적인 생각도 한다. 아주 가끔.

사춘기 지나려면 속이 몇 번 뒤집어진다고 나보다 앞서 경험한 친구들이 그러던데, 이제 각오를 해야 하는 것인가? 어지간해서는 "죄송해요"라는 말을 안 하려고 드는 딸과 기싸움을 하다보면 내가 필요 이상으로 열 받는 경우도 많다. 어제는 이를 악물고 있다가 차에서 내리며 "엄마가 요즘 너 하는 짓을 도저히 못 봐주겠는데, 오늘은 너무 화가 나 있어서 야단치면 안 될 것 같다. 내일 보자"라고 했다.

오늘이 그 내일인데, 아직까지 야단을 안 치고 있다. 아침에 자고 일어나니, 어제 당장 야단 안 치길 잘한 것 같다.

3. 자식에 대한 예의

대학 동창 중에 한국사학자인 친구가 있다. 페이스북 때문에 참 오랜만에 소식이 닿았는데, 이 친구가 하루는 자기집 현관에 신발 네 켤레가 가지런히 놓인 사진을 페이스북에 올렸다. 크기가 다른 네 개의 신발이 네 식구 것이라고 했다. 찬찬한 초등학교 4학년 아들이 아침에 학교 가며 그렇게 해놓고 간단다.

당연히 이 사람 저 사람 감탄하며, 아이를 어떻게 키우세요 하지 않았겠는가. 친구가 답글을 달았다. 아이들한테 야단치고 싶을 때면, 세 번 생각하고 백 번 인내(삼사백인三思百忍)한다는 말을 떠올린다고. 밖에서 사람들 만날 때 조심하는 것처럼 아이들을 대할 때도 그만큼의 예우를 하려 한다고.

내가 기억하는 친구는 무지 잘 웃고, 와글와글 떠들고, 감정 표현도 풍부한 사람이었다. 아이들 키우면서도 그렇게 혈기 방장 키울 줄 알았는데, 역사 공부 많이 한 선생님이라 그런가, 부모로서는 참 다르네 했는데 그 '삼사백인'이라는 말이 오래 남는다.

격의 없는 사이면 예의 안 차리는 게 오히려 예의지, 부모 자식이니까 부모가 좀 뜬금없이 화를 내더라도 자식들이 받아들여야지. 그렇게 자랐고 그렇게 살아왔다.

그런데 남이면 그렇게 하지 않을 일을 왜 가까운 사람, 소중한 사람에게는 해도 되는 걸까. 남 앞에서는 놓지 못하던 긴장을 가까운 사람에게는 풀어놓는 것이 그나마 자기 마음 비빌 언덕이라서? 내 속을 푸는 일이 그걸 당하는 상대에게도 똑같이 공감될 수 있을까?

아이들을 야단칠 때 종종 그런다. "다른 사람에게라면 너희가 엄마한테 하듯이 이렇게 하겠니?" 권력관계에서 분명히 나한테 밀지는 아이들이기에 "엄마라면 우리한테 하듯이 다른 사람한테 하겠어요?"라고 말대답은 못하지만, 속으로 생각이야 하겠지.

고기도 먹어본 사람이 먹는다고, 존중받아본 사람이 존중할 줄 알며 사는 것 같다. 자신이 응당 받아야 할 개인으로서, 인간으로서의 존중이 침해당할 때 제대로 분노하고 대응할 줄 아는 것도 그런 자기 존중감이 있을 때 가능한 것 같다.

험한 세상에 아이들을 내어보내려면, 맷집을 기르듯이 어떤 어려움이 와도 견디라고 엄하게 가르치기보다는 부모가 너희들을 존중했듯이 다른 사람을 존중하고, 네 것이든 남의 것이든 그 존중이 침해당할 때 반드시 자기도, 억울한 다른 사람도 지킬 수 있는 사람이 되어야 한다고 가르치는 게 맞는 일인 것 같기는 한데. 내가 세 번 생각하고 백 번을 참지 못하는 엄마라서…….

미안해

딸아이를 울렸다. 그것도 아주아주 오래 울도록……. 어려서 말도 못하던 때, 고집 부리고 떼쓰는 걸 야단쳐서 울린 적은 있지만, 머리 커지고 이렇게 야단쳐본 건 처음이다.

속이 깊고 또래보다 어른스러워서, 어쩌면 아이를 아이로 보지 못하고 마치 어른을 대하듯 했는지도 모른다. 야단이 아니라 화를 버럭버럭 냈다. 화낼 때는 충분히 그럴 만한 이유가 있다고 생각했다. 이렇게 한번은 제대로 다잡아야 한다고, 화를 내면서도 내 안에서 정당화를 했다. 엄마는 다 이해할 수 있고 다 참을 수 있는 사람이 아니다. 너보다 훨씬 더 흠투성이의 사람이다. 네가 정 엄마 말에 수긍을 할 수 없다면, 이런 엄마 만난 것도 네 팔자려니 해라, 이거 다 꾹꾹 누르면 너에 대한 엄마의 화만 더 커진다. 그런 생각도 했었다.

한 차례 폭풍이 지나고 나니, 왜 그리 화를 냈나 싶었다. 왜 그렇게 화가 났나.

　"엄마를 안 좋아하는 게 아닌데, 엄마한테 틱틱거리지 말라고 아빠도 동생도 나한테 말했는데, 난 엄마가 나한테 꼭 뭐든지 이기려 하는 것 같아서 말하기 싫을 때가 있어요."

　울먹이며 하던 아이의 말이 가슴에 꽂힌 것은, 그 말을 부정할 수 없기 때문이다. 내가 형상화하지 못했던 내 안의 감정을, 아이는 고스란히 느끼고 있었던 거다.

　왜 자식한테 안 지려고 했을까. 자식에게 무시당하는 느낌을 참을 수가 없어서? 그건 내 느낌일 뿐 아닌가. 내 해석일 뿐 아닌가. 아이는 생각도 해본 적 없는데?

　결코 나 자신에 대해 좋은 엄마라고 생각해본 적은 없지만, 그래도 영 나쁜 엄마는 되지 않으려 애써왔다. 내 천성이나 자라온 경험 때문에 몸에 밴 한계를 도저히 극복할 수는 없겠지만. 그래서 긴장하며 살았다. 아이가 "나 엄마 닮았다"는 말을 할 때도, 사람들이 딸이 엄마 닮았다는 말을 할 때도, 한사코 부정했다. 얘는 나 안 닮았어요. 얘는 나하고 다르게 살 겁니다. 얘는 다른 생명입니다. 아들보다 딸에게 늘 더 애틋하고 불안했던 마음.

　자식에 대한 사랑이, 받는 자식에게도 꼭 사랑으로 체감되지는 않는다는 걸, 아니 사랑이 아니라 저항할 수 없는 고통으로 각인될 수도 있다는 걸 안다. 부모라고 24시간 부모

이기만 한 것은 아니고, 자식을 사랑한다고 해서 일 년 365일 내내 사랑만 하는 것도 아니다. 내가 엄마이기만 한 것이 아니기 때문에, 내가 늘 평정심을 유지하는 사람이 아니기 때문에……

무서운 건, 만만한 자식에게 엉뚱한 화풀이를 할 때조차도 내가 이렇게 화를 내도 너를 사랑하는 건 변함없는 거야, 라고 내 스스로 믿는다는 것이다. 너를 좀 힘들게 했다고 너를 사랑하지 않는 게 아니라고, 네게 무슨 일이 생기면 엄마는 목숨이든, 무엇이든 다 던져서라도 너를 지킨다고……

그러니 엄마의 방향 잃은 분노가 그냥 그럴 수도 있는 일로, 넘겨질 수 있을까.

없다.

사랑은 사랑이고 상처는 상처다. 내가 네게 준 상처보다 더 본질적이고 큰 것은 사랑이니, 나는 너를 사랑하고 있는 것이라고, 상처받은 아이에게 다짐받으려 하는 것은 분풀이를 한 것에 더해 부모가 자기의 잘못을 덮으려는 이중의 강요다.

정말로 자기가 잘못했다 생각하는 일에 대해서 야단을 맞으면 아이는 상처받지 않는다. 울어도 그때뿐이다. 그러나 납득할 수 없는 야단은 마음에 상처를 남긴다. 억울하기 때문에, 그 순간은 나를 사랑해서 그렇게 한 것이 아니라는 걸, 아무리 어린아이라 하더라도 알기 때문이다.

그런 상황에서도 대부분의 자식은 부모를 용서하려 한다. 제가 감당하기 버거운 것조차. 그렇게 해야 한다고 본능적으로 생각하기 때문에 상처받은 사실조차 지우려 한다. 그래서 여린 마음에 상처가 더 깊게 팬다.

조금 시간을 둔 뒤 조곤조곤 아이에게 이건 이렇고 저건 저래서 엄마가 이렇게 한 거다, 다시 말을 했다. 아이를 안아주었다. 내가 할 수 있는 최선을 다했다고 생각했다. 화는 냈지만 자식 키우는데 그만큼 안 하는 사람도 있냐고, 이 정도면 노력하고 있는 거 아니냐고 마음속으로 나를 달랬다.

그래도 편안치 않은 내 마음. 일찍 잠자리에 든 아이의 방에 들어가 아이 옆에 누워 꼭 껴안아주면서 마치 갓난아기 때처럼 토닥여주었다. 엄마가 한 일로 마음에 상처 남지 말라고……. 그냥 한때의 소동으로 잊어버리라고……. 잠에 취해 있는 아이의 머리를 쓸어주며 "미안해"라고 여러 번 말했다.

아이에게 내가 진짜로 해야 했던 말은 그것이었는데, 그렇게 미안하다고 말해도 아이의 다친 마음이 쉬 아물지 않을 수도 있는데, 그렇지만 저질러놓은 후 그나마 내가 할 수 있는 일은 아이에게 진심을 다해 "미안하다"라고 말하는 것뿐이었다. 그것으로라도 아이의 다친 자존감이 조금이나마 치유될 수 있다면……. 자기를 보호해줘야 할 사람에게 보호받지 못한 두려움과 억울함이 달래질 수 있다면…….

되돌릴 수 없는 것들이 삶에는 참 많다.

그런 생각을 하면 슬프다.

미안하다, 아가야. 엄마가 너무 늦지 않게 너한테 미안하다고 한 것이길 간절히 바란다. 잠든 네 곁에서야 비로소 용기를 내서 "미안하다"고 말할 수가 있었구나. 엄마보다 훨씬 좋은 사람인 네가, 미안하다는 엄마 말의 보잘것없는 씨앗을 네 가슴속에 잘 키우길 빈다.

미안해. 정말로…….

가을 산책

가기 싫다는 아이들을 어르고 달래고 질질 끌고서는, 집 근처 그레이트 폴스 국립공원Great Falls National Park에 다녀왔다. 아직 단풍이 본격적이지는 않지만, 마음먹었을 때 안 가면 아예 못 가게 될까봐.

트래킹하기 좋은 평평한 길이 물줄기를 따라 뻗어 있어 크게 힘들이지 않고 산책하듯 걸었다. 아직 확실히 알 수는 없지만, 이곳에 머무를 시간이 얼마 남지 않았다고 생각하니, 이번 가을에는 눈에 들어오는 모든 것이 아름답고 이걸 온몸으로 다 느껴야만 할 것 같다.

자연이 눈에 들어오는 것은 내 몸이 자연으로 돌아갈 날이 가까워질 때쯤인 것 같다. 나도 지금의 내 아이들 나이 때는 산에 가도, 바다에 가도 자연이 좋은지 몰랐다. 미국에서

4년간 아이들과 함께 살며 가장 복되게 여겼던 것은, 나무와 풀과 하늘과 맑은 공기를 마음껏 누리며 지냈다는 것이다. 여름이면 아들은 동네 친구들과 맨발로 뛰어다니며 물총 싸움을 하고, 겨울이면 언덕길에서 눈썰매를 탔다. 여름 해 질 녘에는 반딧불이가 저녁 산책의 길동무가 되곤 했다. 미리 좌절해서는 안 될 일이겠지만, 내 생애 앞으로도 이런 환경에서 다시 살아볼 기회는 없을 것 같다.

우리와 같은 생명인 나무나 풀, 작은 짐승들이 주는 것은 평화다. 나는 자랄 적에 이런 평화를 거의 느끼지 못했다. 그나마 도시에서 자란 다른 아이들보다 조금 나은 경험이었다면, 할아버지 할머니가 사시던 통영에 가서 방학을 보내곤 하던 일이다.

살아가는 일은, 평화나 사랑을 실현하기 위한 것이라고 이상주의자들은 믿는다. 그러나 그런 꿈을 배반하고 조롱하는 것이 현실의 삶이다. 그것이 쉽게 이뤄지는 것이라면 무엇하러 꿈을 꾸겠는가. 노력해도 헝클어지고 어그러지는 일들을 번번이 겪다보면, 차라리 평화나 사랑 같은 이름들을 지워버리는 것이 마음을 덜 다치고 나도 남도 덜 속이는 일이라는 생각에 이르게 된다. 먼 데 있는 신기루 같은 소망을 바라보기보다는, 하루하루 내 가까이에서 소박한 기쁨들을 찾는 깟민도 일마나 힘이 드는가를 일게 된다.

평화를 얻기 위한 싸움, 사랑을 보호하기 위한 투쟁, 그 모순된 현실을 살기 위해 진흙밭에 뒹굴며 다치고, 목적이 수단과 자리바꿈하는 것을 목격하게 되고, 믿었던 이들이 나를 떠나거나 혹은 내가 그들을 떠나는 일들이 반복되다보면 살아보지 못한 추상의 가치들이 과연 있기나 한 것인가 의심하게 된다. 일반화할 것 없는 나의 얘기다.

그러나 숲으로 들어가면, 결국 생명은 조화와 평화를 위해 존재한다는 것을 침묵 속에서 긍정하게 된다. 나도 그 생명의 하나이기 때문에 평화의 염원을 갖는 것이라는 순한 믿음을 갖게 된다. 풀 냄새 섞인 공기를 들이쉬는 것만으로도, 살이 터진 자리가 아무는 것 같다. 내쉬는 숨에 가슴을 꽉 채웠던 어둠이 흩어지는 것 같다.

수레를 거스르려는 사마귀이거나, 끊임없이 굴러져 내려오는 돌을 다시 밀어 올리는 시시포스처럼, 그렇게 이룰 수 없는 꿈을 꾸는 것이 아니라, 그 자리에 그렇게 있었던 평화를 느끼고 나누기 위해 본능과 같은 꿈을 꾸는 것이리라. 숲의 나무와 벌레, 풀들처럼, 생명 가진 존재의 하나인 인간이 스스로 그래야 할 自然 일을 거스르고 살 수는 없기 때문에……

기억하든 못하든 아이들의 마음속에 평화의 경험이 차곡차곡 쌓이면 좋겠다. 떨어진 나뭇잎에 쏟아지는 햇빛마저도 눈이 부시던 어느 가을날의 고요한 산책이 먼 훗날 삶에 지칠 아이들을 따뜻이 안아주었으면 좋겠다.

듣는다는 일

둘째는 생각이 바쁜 아이다. 미국인 선생님도 'day-dreamer(몽상가)'라고 할 정도이다. 멍하니 있는 것 같지만, 제 머릿속에서는 여러 가지 생각들이 한꺼번에 왔다 갔다 하는 것 같다. 머릿속에서 레고로 집을 짓고 쌓고 또 해체하고 다시 짓는 것처럼. 그렇게 생각이 바쁘다보니, 말을 할 때 급하다. 말을 많이 하는 아이가 아니지만, 할 때는 말이 제 생각의 속도를 따라가지 못한다. 앞말의 끝을 채 맺지 못하고 뒷말이 시작되기도 한다. 그러니 내게는 웅얼웅얼거리는 소리로 들릴 수밖에.

"뭐라고? 못 알아들었어"라고 하면 아이는 "아니오, 됐어요" 한다. 그러면 나는 또 그게 싫다. 말을 시작했으면 세내로 해야지, 아니오 됐어요 하면 얼마나 무시당하는 것 같은지 아니? 부모 자식 간에도 그렇다, 너 어른 돼서도 그렇게 말할 거냐, 신경질 섞인 잔소리를 하게 된다. "말 좀 천천히 해라"라고 타이른 것도 여러 번이다.

그런데 며칠 전부터 그런 생각이 들었다. 아이의 말하는 방식이 문제가 아니라 내가 아이의 말을 들을 자세가 안 돼 있어서 못 듣는 것 아닌가 하는……. 남의 말을 듣는다는 것은 "내가 알아들을 수 있게 말해"라고 요구하는 것이 아니라 "네 말을 해. 어떻게든 내가 들어볼게"라고 상대에게 집중하는 일이라는 생각.

슬픈 일로 최근 삶의 급격한 변화를 겪은 친구와 얘기를 했다. 친구와 동아리처럼 얽혀 있는 사람들이 친구가 일이 진행되는 동안 너무 의연해서 아무것도 몰랐다고, 왜 그렇게 꽁꽁 감추고 있느냐고 친구에게 충고 혹은 서운함을 표시하더란다. 가뜩이나 슬픈 일로 마음이 어두운 친구는 그런 반응 앞에 "내가 그간 잘못 살아왔는가 싶은 생각이 든다"라고 했다. 친구에게 그렇게 말을 한 사람들에게 친구를 다치게 하려는 의도는 없었으리라고 생각한다. 그러나 슬픈 일을 당한 사람에게, 우리가 알 수 있도록 얘길 해야지, 당신은 왜 그리 첩첩이 싸여 있느냐고 할 일은 아니다.

세상엔 목소리가 큰 사람도 있고, 목소리가 작은 사람도 있다. 무슨 일이든 자기한테 생긴 일을 다 털어놔야 시원한 사람이 있고, 그저 자기 안으로 천천히 삭이는 사람도 있다. 목소리가 작다고, 자기 안으로 삭인다고, 그 사람이 솔직하지 못한 사람은 아니다. 그저 자신의 삶을 대하는 태도가 다를 뿐이다. 말하는 방식이 다를 뿐이다.

삶의 어떤 곡진한 순간에 있는 사람은 침묵으로라도 말을 한다. 다만 누구라도 들어주었으면 하는 그 간절한 말을 들어줄 수 있는 사람이 없는 것일 뿐. 들으려고 한다면, 풀잎이 스치는 소리도 들을 수 있다. 들으려고 한다면, 침묵도 들을 수 있다. 들으려고 한다면, 차마 말이 되지 못하는 울음도 들을 수 있다. 그 사람의 말이 아니라, 그 사람의 마음을 듣겠다는 뜻이 간절하면, 흘리는 한숨이라 해도 알아들을 수 있다.

둘째가 하는 얘기가 내 기준에 공상 같은 것이라고, 그러니 건성건성 들어도 된다고 생각했기 때문에 내가 아이의 말을 잘 듣지 못했을 거다. 아이가 웅얼웅얼 늘어놓는 자기 얘기가, 내가 너무나도 중요하다고 생각하는 문제보다 훨씬 가벼운 것이라고 어떻게 단정할 수 있겠는가. 그 아이의 우주에서는 어쩌면 내게 중요한 일보다 훨씬 더 중요한 일일지도 모르는데.

"아뇨, 됐어요"라는 말 속에는 이 사람과 얘기할 수 없겠구나라는 얼마간의 포기도 들어 있다. 사소하게 그러나 지속적으로 그런 좌절을 경험한다는 것은 사람에게 어떤 흔적을 남길 것인가. 코끼리를 집어삼킨 보아구렁이를 그려놓은 아이에게 "이건 모자로구나" 하고 단정하는 어른은 아이를 얼마나 실망시키는가.

둘째를 통해 다시 맞닥뜨린 나의 모습이지만, 나는 경청의 자세가 잘돼 있는 사람은 아닌 것 같다. 경청의 자세를 잘 갖춘 사람을 그리 많이 만나지도 못한 것 같다.

사람이 사람을 만난다는 건, 존재를 새로 발견하는 것이다. 수십 년을 보아온 사람, 혹은 그저 그렇고 그런 사람이더라도, 그 자신조차 깨닫지 못하는 그 안에 빛나는 무엇을 발견해주는 것. 그것이 사람이 사람을 만난다는 의미일 것이다. 그 만남이 가능하려면, 말하는 것과 말하지 못하는 것까지를 다 들어보려는 예민함, 말하기까지의 긴 침묵조차 조바심 내지 않고 기다리는 참을성이 필요한 것 같다.

누군가 내 얘기를 알아들어준다는 것은 얼마나 기쁜 일인가. 세상에 들어줄 줄 아는 사람은 얼마나 귀한가.

딸이 짐 싸는 날

짐을 싸는 아이는 넣었던 짐을 다시 빼고 넣기를 반복하는데, 나는 그만 지쳐 내 방 컴퓨터 앞에 앉았다.

이 많은 짐들을 들고 먼 길을 갈 생각을 하니, 이제 이렇게 네 앞에 생이 펼쳐지는구나 싶기도 하다. 짐을 줄여야지, 그래야 단출한 여행이 되지 하는 다짐은 그저 다짐일 뿐, 펼쳐놓은 짐 위에서 얼마나 많은 군더더기가 열여덟 살 아이의 삶에도 벌써 붙어버렸는지, 너도 이렇게 어른이 되어가는구나 혀를 끌끌 차게 된다.

이고 지고 가더라도 예쁜 것은 다 챙겨야 하는 나이. 그 나이에 그런 것들을 다 부질없는 일이라고 생각한다면 머리 깎고 두 닦으러 들어가야 할 하늘이 내린 재목일 것이다. 그러니 그저 보통 아이답게 자라는구나 한다.

아이의 출발이 임박한 지난 몇 주간, 기저귀를 차서 엉덩이가 터져나갈 듯 빵빵한 꼬마 여자아이들이 눈에 밟혔다. 어제는 에스컬레이터를 오르며 앞 계단에 선 두세 살이나 되었을까 하는 꼬마 여자아이와, 학생처럼 백팩을 맨 젊은 아버지가 나누는 대화를 염탐하듯 귀 기울여 들었다. 잘은 들리지 않았지만, 아이는 무언가를 제안하고 아빠는 협상안을 내놓고…….

기저귀를 찬 빵빵한 엉덩이와 통통하게 살 오른 넓적다리와 종아리로 뒤뚱뒤뚱 걸으며, 계단이라도 오를라치면 다부지게 "영차" 호령을 하면서 한 발씩을 내딛던, 막 말문이 터졌을 무렵의 딸아이의 모습을 나는 지금도 늘 눈앞에서 재생시킬 수 있다.

가끔은 날이 따뜻하면 아침 출근길에 아이 보시는 아주머니가 집 앞 지하철역 계단 입구까지 아이를 데리고 동행해주셨다. 매표소까지 내려오지는 못하고, 계단 몇 개를 내려오다가 중간에서 빠이빠이를 했지만, 나는 돌아서서 "영차" 하며 계단을 다시 올라가는 아이의 모습을 무슨 긴 이별이라도 하는 사람처럼 돌아보며 눈가에 물기가 맺히곤 했다. 저녁이면 만날 사이인데도 애틋한 것. 그건 24시간 아이를 돌볼 수 없는 일하는 엄마의 애틋함이기도 했지만, 그보다는 우리 인생에 아주 잠깐 지나가는 예쁘고 귀한 시간에 대한 무의식적인 자각, 너무 귀한데 돌이킬 수는 없다는 것을 본능이 먼저 아는 애틋함이 아니었을까 싶다.

　부모란 아이와 함께 있으면 애가 뭘 잘 못하는지만 눈에 보이고, 혼자 있으면 내가 뭐가 부족한 사람인지만 떠오르는 자리인 것 같다. 내가 얼마나 생각과 행동이 다른 사람인지, 얼마나 제 인생을 자식 인생에 덧씌워 살려고 하는 욕망을 잘 제어하지 못하는지, 가치 있는 삶을 위해 산다고 생각해왔는데 정작 바라는 건 편안한 인생이었다는 표리부동, 이런 모든 것들을 자식하고의 악다구니 속에서 슬쩍 비껴가지도 못하며 마주친다. 참 부끄럽다. 참혹하기도 하고 두렵기도 하다.

　자식 키우면서 사람살이 이치를 깨친다는 게 이런 거라면, 알고는 하겠다고 선뜻 못 나설 일 같다. 그저 모르니까 겁없이 부모가 되고, 부모가 된 뒤에야 부모 노릇을 머리가 터지게 뭐든 배워나간다.

　아무리 부모 노릇을 열심히 했어도, 그 마지막 단계는 아이를 하나의 독립된 생명으로 떠나보내는 것, 아이가 세속적인 기준으로 성공했든 실패했든, 나와 비슷하든 다르든, 그 자체로 그의 삶을 살 수 있도록 갈 길을 가도록 빌어주는 것일 듯하다. 그렇게 어렴풋이 생각이 든다는 것뿐, 그럴 수 있으리라는 기대는 지금의 내 깜냥으로는 어림없는 일이지만……

함께 안경을 고르러 가서 딸아이는 이 안경 저 안경을 수십 번 써보며 "이거 어떠냐"라고 물어보았다. 멀리 아이를 세워놓고 안경 쓴 모습을 보아주려니 문득 '아, 쟤가 이제 대학생이 되는 거구나'라는 생각이 느닷없이 머리를 쳤다.

대.학.생.

지금도 내가 건너온 지 얼마 안 되는 것처럼 생각하는 시절. 심장에 화인이 찍히듯 또렷이 새겨져, 그 후로도 몇십 년간을 건너오지 못했던 인생의 어떤 시간. 그 시간으로 지금 저 아이가 들어가는구나.

아무 말도 하지 않았다. 그저 아주 진부한 엄마답게 "공부 열심히 해라"라는 말만 했다. 내가 말하지 않아도 아이는 이제 다시 없을 시간을 살아갈 거다. 부모의 어떤 선행 지도 없이도 제가 부딪쳐 살아갈 것이다.

아름다운 시간을 살기를, 아픔을 겪더라도 강인해지기를, 혼돈 속에서 지혜로워지기를, 그렇게 짐을 싸는 아이를 지켜보며 마음속으로 바랄 뿐이다.

짜장면과 탕수육

학교 클럽활동으로 레슬링을 하는 아들이 어깨를 다쳤다. 첫날 엑스레이를 찍어본 동네 병원에서 "뼈를 다쳤을지 모른다. 3일 정도 경과를 보자"라고 한 탓에 다친 지 3일째 되는 날, 수업이 끝난 아이를 데리고 종합병원 정형외과를 찾았다.

젊은 담당의는 처음엔 "쇄골이 탈골된 것 같다"며 엑스레이를 찍어본 뒤 수술 여부를 생각해보자고 하더니, 사진을 찍어보고 아이에게 아픈 부위에 대해 자세히 설명을 듣고 난 후에는, 수술은커녕 따로 치료도 필요 없겠다고 한다.

점심 급식을 두 차례나 먹었는데도 배가 고프다는 아이에게 "뭐 먹을래?" 하니 대번 "짜장면" 한다. 은근히 머리를 누르던 아이의 아픈 어깨 걱정도 내려놓고, 마치 수업 땡땡이 치고 분식집 가는 기분으로 아이가 "친구들이 맛있다고 하던

데 비싸서 한 번도 못 가보았다"는 중국집으로 향했다.

점심과 저녁 영업 사이에 쉬는 시간이 끝나자마자 식당 문을 열고 들어선 첫 손님이라, 아이 몫으로 짜장면 한 그릇만 달랑 시키기가 미안했다. 남으면 싸 갖고 가겠다며, 탕수육 한 그릇과 짜장면 곱빼기 하나를 시켰다.

그렇게 우리 모자가 시킨 음식을 기다리는 사이, 쇼핑을 마쳤는지 불룩한 종이봉투를 든 중년 부인 두 사람이 들어와 또 탕수육과 짜장면을 시키고, 초등학생으로 보이는 아들과 엄마도 들어와 짜장면과 탕수육을 시키고, 수업을 마친 인근 고등학교의 여고생 둘이 식탁 하나를 차지하고 앉아 "안 맵게 해주세요"라며 해물쟁반짜장을 시켰다. 마침내 우리 모자 옆 자리의 식탁에도 노부부가 앉으셨다.

거동이 불편한 자그마한 체구의 할머니를 휠체어에 태워 중국집 앞까지 오신 할아버지는, 할머니를 의자에 앉힌 뒤 문밖에 세워두었던 휠체어를 접어 옮기고, 다시 의자에 앉은 할머니의 자세를 편안하게 잡아준 뒤 메뉴판을 펼쳐 보셨다.

"짜장면 먹을래요?"

할아버지의 질문에 할머니는 웃음 띤 얼굴로 "응, 응" 하신다. 할머니는 안 매운 유니짜장, 할아버지는 매운맛이 나는 해물쟁반짜장. 주문을 마친 뒤 할아버지는 할머니에게 다음 일정을 차근차근 설명하신다.

"오늘 분수대에 물이 나온대. 7시 반까지. 그러니까 이거

먹고 오늘은 거기까지 운동하고 가는 거예요."

"응, 응."

"이게 저녁밥인 거야."

"응, 응."

아들이 그릇 하나를 더 달라고 하더니 곱빼기 짜장을 내게 나눠주었다. 열일곱 살 아들은 손이 곱게 생겼다. 언젠가 친구 녀석들과 떼로 몰려가 '고기 무한 리필'이라는 고깃집에 가서 밥을 먹는데, "이렇게 손이 예쁜 사람이 고기를 자르면 안 된다"라며 주인아주머니가 직접 고기를 다 잘라주셨노라고 자랑을 하기도 했다.

무슨 말을 해도 "예, 아니오"가 전부일 때가 많고, 제가 항의할 일이 있을 때 빼고는 긴 말을 하지 않는 아이라, 딸과는 달리 아들과는 그다지 말을 많이 하지 않고 살아왔다. 딸 말에 따르면 "쿨해 보이려고" 그렇게 말을 적게 하는 거라나.

아이의 성향도 성향이지만, 아들은 그런 존재려니 해왔다. 말로 소통하는 존재가 아니라, 그냥 그곳에 있는 것으로서 이심전심하는 사이. 그래도 큰애가 대학으로 떠나고 졸지에 외아들이 되고 보니, 이 녀석이 그동안 첫째에 가려 없는 듯 지내온 구석이 많구나 싶다. 아침에 아이가 학교에 갈 때면 어미, 아비 두 사람이 다 현관에 나가서 서성거린다. 그런 넘치는 관심이 저도 싫기는 않은 기색이다.

내가 받았던 교육이 그런 것이라, 아이들에게도 "사랑한다", "예쁘다", "잘했다", "자랑스럽다" 그런 말들은 그냥 속으로 아끼고, 마음으로 전하는 것이려니 했다. 사랑도 너무 많이 주면, 물 많이 먹은 화초가 뿌리부터 썩듯이, 그렇게 아이를 망칠 수 있다고 두려워했었다.

그런데, 사랑을 너무 많이 받아서 다치거나 병들거나 죽었다던 사람이 있던가. 그런 일이 있었더라면, 아마 그건 사랑이 아니었던 것이 아닐까.

소울 푸드라고 하지. 그냥 언제 먹어도, 그걸 먹으면 마음이 따뜻해지고 기운이 나는 거. MSG 덩어리니 뭐니 해도 탕수육하고 짜장면은 늘 그런 기분을 불러일으킨다. 짜장면이 "잘했어" 혹은 "괜찮아, 괜찮아" 하고 어깨를 토닥토닥 두드려주는 거라면, 탕수육은 전교생 앞에 불려나가 상장을 받는 것 같은 기분.

걱정과 달리 어깨를 다치지 않은 아들과 별말 없이 나눠 먹은 탕수육과 짜장면. 아들한테도 '참 잘했어요' 도장을 수십 개쯤 받은, 상장 같은 시간이었을까.

아프지 않고 이렇게 커주니 얼마나 고마우냐.

손가락이 예쁘고 나보다 머리 하나는 더 크고 무거운 생수통을 번쩍번쩍 드는 내 아들. 살면서 이렇게 우리 모자가 짜장면과 탕수육을 나눠 먹을 일이 얼마나 잦을까.

엄마 노릇

남편 없이 혼자서 아이 둘을 데리고 떠난 첫 여행. 런던에서의 마지막 밤을 잊지 못한다.

비행기에서 잔 첫날 밤을 포함해 닷새째인 마지막 날까지 본전은 뽑아야 할 것 아니냐며 성화를 대는 엄마한테 낮동안 질질 끌려 다니다가 숙소에 돌아오면 잠을 청하기 바쁘던 아이들도 마지막 날은 편안히 늘어졌다. 어느새 콧수염이 거뭇거뭇해지고 키도 나보다 더 커버린 아들은 영국 본토에서 텔레비전 볼륨을 잔뜩 높인 채 프리미어리그를 즐겼고, 누나는 그 옆에 끼어 앉아 있었다.

도착 첫날 오후 지하철에서 내 생애 최초의 소매치기를 당해 어린 애고는 더 도둑맞는 황당한 일을 겪었는데, 이이들이 지하철에서 번개같이 내려 바람잡이를 한 것 같아 보이는 사람을 쫓아가고, 지하철역 사무실에 가서 내가 경찰에 신고를 하는 동안 침착하게 곁에 있어주었다. 신고를 한들 돈을 찾기는 뭘 찾겠는가. 신분증이며 의료보험증이며 신용카드며 소매치기한테는 하나 소용없을 소지품이나 돌아왔으면 했지만, 영국 경찰은 그저 "런던에서 이런 일이 벌어지다니 부끄러운 일이다"라는 소리만 해댔다. 마침 런던에서 연수 중이던 대학 동기에게서 큰 도움을 입지 않았더라면, 여행 자체가 난감해질 뻔했다.

예상치 못했던 해프닝을 겪으며, 아직도 아기 같은 짓을 한다고 생각해오던 아이들이 나도 모르는 새 많이 큰 게 보였다. 이젠 세상에 내어보내도 되겠구나, 어미보다 훨씬 낫구나 싶었다. 잃어버린 것들이야 대수겠는가.

왜 영국이어야 했는지는 모르겠다. 아이들이 의사소통이 되니까 애들 앞장세우면 되겠거니, 같은 영어권이라 해도 얼마나 문화 차이가 있는지 구경하는 것도 애들에게 좋은 경험이겠지, 미국 동부에 사는 동안에는 한국에서 가려고 할 때 들이는 비용의 절반도 안 쓰고 갔다 올 수 있으니까……. 이유야 열두 가지도 더 댈 수 있지만, 이것저것 다 흰소리일 뿐이고, 그냥 아이들을 데리고 여행을 다녀오고 싶었다. 논문 프로포절 디펜스라는 중요한 일을 앞두었는데도……. 내가 언제까지 아이들 곁에 머물러 있겠는가 하는 난데없는 생각이 들었다.

스물다섯 살 겨울, 처음 영국에 와서 런던과 옥스퍼드를 여행했다. 입사 이후 처음으로 한 달 치 월급에 맞먹는 설 보너스를 받은 걸 여행을 위해 탈탈 털었다. 『이상한 나라의 앨리스』가 내가 가장 좋아하던 동화는 아니었지만, 웬일인지 어렸을 때 나는 이다음에 어른이 돼서 돈을 벌면 꼭 영국에 가서 『이상한 나라의 앨리스』의 삽화에 그려졌던 것처럼 차를 마시겠다고 생각했다. 아버지가 월부로 사들여온 『김찬삼의 세계여행』을 끝도 없이 다시 펼쳐보며 각국 수도를 외우고 거기 그려진 세상들에 가 있는 나를 꿈꾸는 게 어린 시절 내 놀이였다. 뜻하지 않게 기자가 된 뒤, 해외 취재를 위해 첫 여권을 발급받으며, '그래 이 여권에 다른 나라 입국 도장 스무 개가 찍히면 그때는 미련 없이 이 직업을 접자' 생각했다. 입국 도장이 스무 개가 넘어간 뒤에도 한참을 더 회사를 다녔지만…….

서른 이후의 나이가 있을 것 같지도 않았고, 내가 엄마가 되는 날도 생각하지 못했던 그때의 런던과 옥스퍼드를, 아이들과 함께 걸었다. 그때 나는 언제까지나 발 닿는 대로 가는 여행자이고 싶었다. 아이들에게는 본전 뽑자고 억척을 부리는 엄마의 얼굴밖에 안 보여줬지만, 그 20년간 이 세상에 없던 생명들이 태어나 이렇게 예전에 나 혼자 왔던 길들을 다시 걷는다는 생각에, 아이들은 노트는 내 지난 세월을 놀아보듯 뒤따라오는 아이들을 자주 돌아보았다.

나는 엄마 노릇이 영 자신이 없다. 엄마가 되기 전에도 그랬고, 엄마가 된 이후에도 그렇다. 언젠가 내가 존경하는 심리학자 한 분이 엄마로서의 자기를 말하며 "부모 노릇이 무언지 알고서도 부모가 되는 사람은 아무도 없을 것이다. 모르니까 부모가 되는 거다"라고 말씀하시는 걸 듣고서야, 내 자신 없음이 나만의 걱정은 아닌가보구나 하고 조금 마음이 놓였다.

아이들이 크게 아프지 않고 커준 것 하나만으로도, 하늘에 감사하는 마음으로 살아야 한다는 걸 알지만, 그럼에도 나는 늘 아이들도 들어오지 못하는 '혼자만의 방'을 갖고 싶었다. 아이들 더 크기 전에 내 곁에 조금이라도 더 끼고 키우겠다고, 그거 하나만으로도 회사를 그만두기에 충분하다고 작정했지만, 정작 아이들과 많은 시간을 보내게 된 뒤에는 내가 아이들에게 짐이 되는 것이 아닌가 두려웠다.

아들이 유치원에 다니던 어느 해, 유치원 방학도 하기 전 유난히 일찍 여름휴가를 받았다. 일상의 시간을 함께 보내지 못하는 엄마이다보니 아이하고 뭘 하며 놀아주어야 할지 궁리가 나지 않았다. 엄마가 뭘 해주면 좋겠냐고 물었더니 아이는 주저 없이 "다른 엄마들처럼 유치원에 나 데리러 와요" 했다. 그래서 나는 유치원이 파할 시간에 처음으로 '다른 엄마'들처럼 유치원 앞에 가서 뻘쭘하게 기다리고 있다가 아들과 함께 집으로 오는 유치원 셔틀버스에 올라탔다. 데리러 오라던 아들은 내 얼굴만 확인하고는 어미가 한 버스에 탔는지 어쨌는지 신경도 쓰지 않고, 제 친구와 떠드느라 정신이 없었다. 버스에서 내린 뒤에야 비로소 "엄마" 하고 불렀다.

바로 그 순간, 엄마가 된 이후 처음으로 엄마가 아이에게 어떤 존재인가를 느꼈던 것 같다. 평소에는 있는지 없는지 눈에 보이지도 않지만, 제가 필요할 때면 앉아서 쉬다가 가는 어디 한구석에 늘 있는 낡은 의자 같은 것. 그 정도의 몫을 넘어서 제 자식이라고 욕심을 부려서도 안 되고, 내 자식이니 내가 안다고 억지를 부리지도 말아야 한다는 것. 아이들과 부대끼며 하루에도 수십 번 잊어버리고 저버리는 깨달음이긴 하지만…….

보살펴주는 힘이 있어서 그럭저럭 여행을 했다고 믿는다. 늙어가면서도, 엄마가 된 지 한참 세월이 지났는데도, 제 안에 덜 자란 아이를 어쩌지 못하는 덜 떨어진 엄마를 두고서도 아이들이 콩나물처럼 쑥쑥 자라는 것은 그런 보이지 않는 보살핌의 손길 때문일 것이다.

사랑과 자유

새벽, 이상하게도 잠에서 깼다가 다시 잠들기를 여러 번. 어느 순간 또 얕은 잠에서 깼는데, 갑자기 노래 한 구절이 그것도 처음부터가 아니라 중간부터 떠올랐다.

'……곤한 내 혼아 눈을 들어 저 빛을 향하여 아무도 뺏지 못할 생의 자유를 되찾자.'•

대학 시절 운동가로 가끔 부르던 노래. 찬송가풍이어서 집회 같은 데서 불리는 일도 거의 없었고, 딱히 내가 좋아하던 노래도 아닌데, 참 희한한 일이었다. 20여 년 만에 자다가 깨서 떠오른 노래 구절이라니…….

• 안치환, 〈이 세상 사는 동안〉 중에서

심리학자이면서 독실한 크리스천인 J선생과 『성경』 창세기에 관한 얘기를 나눈 적이 있다. 창세기를 과학적으로 믿지 못하는 것이야 당연한 것이고, 아주 어려서부터 신화적 상징이라는 걸 알면서도, 생각만 하면 화가 나던 문제, '왜 선악과를 만들어서 타락할 빌미를 줬느냐'라는 질문을 던졌다. 신화가 인간성과 인간관계의 원형을 비춰 보여주는 것이라면, 내면 심리를 다루는 학자이면서 동시에 신화를 '사실'로 믿는 사람은 어떻게 양자를 다 자기 안에 충돌 없이 수용할 수 있는지가 궁금했다.

"전지전능하다면서, 아담과 이브가 타락할 걸 몰랐을 리가 있어요? 구원해주기 위해 죄를 만든 거죠. 이건 신이 설계한 영원불멸의 덫에 관한 얘기라고요. 덫을 놓는 것에 그친다면, 그리스신화의 간교한 신들을 마치 내 주변의 욕심 많거나 앞뒤 모순인 사람을 보는 것처럼, 아니 내 모습을 보는 것처럼 이해할 수도 있겠어요. 그런데 기독교의 하나님은 그렇지 않잖아요. 덫에 걸리게 한 뒤에 절대적인 복종을 요구하고 구원을 해준다고 하잖아요."

잠시 묵묵히 있던 J선생은, 자신은 창세기에서 에덴으로부터의 추방의 문제를 읽을 때마다, 공존해야 하면서도 공존할 수 없는 '사랑과 자유' 사이의 갈등의 정점을 표현한 것이라고 생각한다고 말했다.

원죄와 구원의 얘기가 아니고?

J선생이 내게 질문을 던졌다.

"당신에게 아주 사랑하는 사람이 있다고 해보죠. 자신의 뼈와 살처럼 여기던 그 사람이 실수였든, 아니면 선택이었든 제 발로 당신 곁을 떠났어요. 그런데 당신에게는 그 사람을 끌어당겨올 전지전능한 힘이 있다고 해요. 어떻게 하고 싶으세요? 그 사람을 당신의 막강한 힘으로 끌어당겨오고 싶은가요, 아니면 그 힘을 쓰지 않고 사랑하는 사람이 자신의 선택으로 당신에게 돌아오기를 바라나요?"

당연히 후자가 아니겠는가. 자존심이 있지. 아니 사실은 자존심 때문이 아니라, 자리를 옮겨 간 사람의 마음을 끌어올 수 있는 힘은 우주 어디에도 없는 것 아니겠는가. J선생은 자신도 그렇게 생각한다고 했다. 그리고 바로 그렇기 때문에 창세기에 표현된 사랑의 모습은, 사랑이 시작된 순간부터 그것이 사라질 수 있는 극단의 위험을 전제하는 것이라고 했다. 위험의 근거는? 사랑하는 사람 내면에 있는 자유에의 열망……

"사랑한다는 것은 사랑하는 사람의 자유를 존중하는 일이에요. 그건, 내게 치명상을 입힐 수도 있죠. 그 사람의 부재를 견딜 수 없을 만큼 사랑하지만, 그렇게 사랑한다면서 그 사람의 자유를 존중해주지 않을 수 있나요? 사랑만큼이나 인간 존재의 본질인 자유를? 저는 그래서 창세기에 그려진 하나님의 사랑은, 상대를 자유롭게 해주는 것이 궁극의 사랑이라면 그것은 언제나 위험을 내포하는 것일 수밖에 없다는 걸 명징하게 보여주는 얘기라고 생각해요. 하나님이 전지전능한데, 왜 아담을 강제로 끌어올 수 없겠어요? 그러나 아담에게는 하나님을 선택하지 않을 자유도 있는 거죠. 지고하다는 신과 인간의 사랑도, 위험스러운 자유를 인정하며 서로가 서로를 선택하는 것이라는 얘기겠죠."

사실 그렇다.

오디세우스가 온갖 고초를 겪으면서도 아내가 있는 고향 이타카로 돌아가겠다고 발버둥을 치지만 애당초 떠나지 않았다면? '운명'이라고, 떠날 수밖에 없었던 이유를 핑계 댄다 해도 오디세우스 내면의 자유가 들끓지 않았더라면 먼바다로 항해를 떠났을까.

사랑은 자주 '귀향', '정착', '완성'의 메타포로 표현되며 끝내 이르러야 할 이상의 종점으로 그려지지만, 실은 도착하는 그 순간부터 자각하지 못하는 사이 다시 떠나고자 하는 욕망이 자란다. '그 후로 영원히 행복하게 살았다'라는 얘기는, 서로가 서로의 감옥이나 족쇄라는 것을 인정하지 않는 숨 막히는 동화일 수 있는 것이다.

자유롭고자 하는 나를 인정하는 것도, 상대의 자유를 인정해주는 것도 끔찍하게 두려울 수 있다. 상대의 존재를 그 자체로 인정하는 사랑이려면, 깨어질 위험을 감수할 수밖에 없는 것이라고 생각하지 않는 이상, 사랑과 자유는 서로가 서로를 베는 칼이 되거나 칭칭 묶는 사슬이 되고 만다.

연인의 얘기만이 아니다.

내 속으로 낳은 자식, 마치 손에 박인 굳은살처럼 일부가 되어버린 오랜 친구, 그 모든 관계에서 상대의 존재를 인정한다는 기본적인 룰을 받아들이는 것은 위험하고 치명적인 사랑의 본질을 받아들인다는 것이다. 그러나 사랑의 신화들은 한쪽으로 치우친 채 첩첩이 쌓여왔다. 사랑하는 사람으로서의 나의 자유, 내가 사랑하는 사람의 자유는 사랑을 배반하는 말로만 여겨진다. 그러나 정말 그럴까. 그것이 진실일까.

자신이 만든 조각상, 갈라테이아에 쏟는 피그말리온의 사랑은 그것이 아무리 아프로디테 여신의 마음을 움직일 만큼 곡진한 것이었다 하더라도, 자기동일시이다. 그것만은 안 된다고 했던 선악과를 따 먹고, 하나님으로부터 울며 떠나가는 아담, 그런 아담과 이브를 내쫓지만 떠나가는 그들의 수치심을 가려주기 위해 짐승의 가죽으로 옷을 지어 입히는 하나님의 사랑과는 다른 것이다.

나는 과연 그 자유, 내 자유와 상대의 자유에 대해 얼마나 자각하고 있을까.

바람이 전하는 말

✄

　계절이 바뀌는 걸 아는 건, 살갗에 닿는 바람의 결이 달라진 걸 느낄 때다. 2017년 8월의 한가운데서 맞은 입추의 저녁, 집으로 돌아가는 길에 몸에 와 닿는 바람의 결이 달랐다. 새들만큼의 예민함을 갖춘 것은 아니지만, 나 자신이 잡히지도 보이지도 않는 바람을 느끼면서 스스로가 자연의 일부인 것을 아는 존재라는 것이 때론 경이롭다.

✄

　바람을 탔다
　대서양으로 들어가는 입구인 체사피크 만의 항구도시 아

나폴리스에서 바람을 받아서 운항하는 나무배를 탔다. 두 시간의 운항 중 처음 15분, 정박하기 전 마지막 15분을 제외하고는 오로지 돛에 걸리는 바람의 힘을 받아 움직이는 배였다.

하늘은 맑았고, 바람은 많은, 항해하기 좋은 날이었다. 두꺼운 천으로 만들어진 돛에 부딪치는, 바람의 싱싱한 몸이 만들어내는 둔탁한 파열음. 아무 데나 겁 없이 몸을 부딪치는 젊은 바람 같았다.

한배에 탄 여러 사람과 함께 줄을 잡아 돛을 올려보았고, 바람의 방향에 따라 수면에 닿을 듯 기울어진 배의 양옆에 앉아서 튀어 오르는 물방울이 옷을 적셔도 아랑곳하지 않았다.

나무배는 바람이 흔들어주는 대로 리드미컬하게 움직였다. 내 몸도 몸 안의 장기들도 모두 그 리듬을 타고 움직였지만, 뱃멀미는 하지 않았다. 흐름에 나를 맡겨서 같이 리듬을 탄 덕택이었다. 자유가 냄새와 촉감과 리듬으로 현현한다면, 이런 것이리라 싶었다.

✈

집을 떠나올 때도, 이제 기숙사로 들어가야 해서 헤어질 시간이 되어서도, 아들은 "다녀오겠습니다"라고 마지못해 꾸벅 인사를 하고 가던 보통의 등굣길처럼 그렇게 덤덤하다. 그 아이의 방식은 그렇다. 표 내지 않는 것. 그 표 내지 않는 것들 사이에서 무심한 듯 던지는 한마디 한마디가 마음을 보여주기도 한다. 주의를 기울이지 않고 들었던 아이의 말을, 오랜 시간이 지나고 난 뒤에 떠올리며, 후회하거나 마음이 아프거나 생각에 잠기거나 할 때가 있다.

빌린 차를 타고 워싱턴 DC에서 아나폴리스로 올라오는 동안 아들은 아이팟을 연결해 음악을 들었다. 힙합 사이에 어쿠스틱 연주가 있어서 반가웠다.

"엄마, 어쿠스틱 좋아하는데."

"저도 좋아해요."

"너랑 엄마는 닮은 점이 많은데, 잘 싸워."

"닮은 점이 많아서 싸우는 거예요."

그렇다.

사진을 찍은 것처럼 어떤 순간을 오랜 시간이 지나도 잘 기억하는 것, 몸이 받아내지 않아 술을 못 먹는 것, 편식이 심한 것, 키에 비해 발이 작은 것, 분한 것은 오래 기억하는 것. 그런 사소한 공통점을 아들과 나는 나누어 가졌다.

겉으로는 세상 모든 일에 다 무관심한 척하지만, 내면이 몹시 섬세한 아이. 대여섯 살 무렵 아들은 저보다 어린 아기를 데리고 놀러 오는 친척이 있으면, 어른들이 모두 잠든 아기를 잊어버리고 웃고 떠들고 있을 때도 혼자 방에 들어가 아가가 숨 쉬며 잘 자고 있는지를 들여다보던 아이였다. 그런 천성이 어른이 되는 아들을 힘겹게 만들 수도 있겠지만, 아들

곁에 있는 사람들에게는 위로와 힘이 될 수 있을 거라고 믿는다. 여전히 우리 둘은 서로 툭툭 가시 돋친 말을 던지며, 팔의 거리만큼 떨어져 있겠지만…….

잠든 아들의 머리를 쓰다듬고 안아주는 것. 그게 내가 지금까지도 아들의 묵인하에 할 수 있는 일이다.

배를 운전해보겠다고 나섰다. R이 두 개 들어가는 이름의 포레스터 선장Captain Forrester은 누구라도 키를 잡아보라고 했다. 도로 주행을 할 때, 강사가 안 보는 듯하다가 위험한 순간에만 끼어들듯이 포레스터 선장은 "더 오른쪽으로", "더 왼쪽으로"라고 간간이 한마디씩 할 뿐 나는 잊어버린 듯이 승객들과 잡담을 하느라 정신이 없었다.

"저기 멀리 부둣가의 하얀 물탱크가 보이죠? 이 배는 저걸 향해서 가는 겁니다. 그것만 놓치지 않으면 돼요."

도로 위에서도 차를 들이받는 내가, 나 아닌 목숨 10여 명이 탄 배를 운전한다는 사실이 처음 몇 초 동안은 겁났지만, 이렇게 배를 운전할 수 있다는 사실이 신났다.

그래.

내가 배를 끌고 가는 게 아냐. 바람이 이렇게 순하고 힘차게 나를 밀어준다면 나는 그냥 이 키만 잘 잡고 있으면 돼.

정말로 위험해진다면 포레스터 선장이 키를 뺏겠지.

아득하게 좌표로 보이는 하얀 물탱크, 앞으로 나아가도록 나를 밀어주는 바람, 곁에 선 포레스터 선장. 내가 키를 잡고 있다는 사실에도 아무런 걱정 없이 뱃전에 부서지는 파도를 바라보는 한배를 탄 사람들의 무심함. 새파란 하늘.

모든 것이 반짝반짝 살아 움직였지만, 정지된 것 같은 순간.

참으로 오랜만에 어린아이처럼 나는 나를 잊었다.

3
잃어가며 읽고 쓰기

식탁 위의 시간

1. 밥

나는 밥을 좋아한다. 따뜻하고 찰진 밥을 참 좋아한다. 내가 밥을 좋아한다는 걸 명쾌하게 알게 된 건 삼십대 중반을 넘어서였다. 함께 일하던 후배가 어느 날 그러는 거였다.

"선배는 밥벌레잖아요."

유레카! 나 밥 무지 좋아하는 거였구나!

'나 밥 좋아하는 사람'이라는 자각 이후 내 식습관을 주의를 기울여 관찰해보니 정말 반찬에 비해 현저하게 밥을 많이 먹었다. 구내식당에서 반찬을 뜨면, 왜 맨날 다 못 먹고 남길까, 민망하고 미안했는데, 내 밥 대 반찬의 불균형 비율을 깨닫지 못하고 다른 사람들만큼 뜨는 데 이유가 있었다.

그러고 보니 밥과 관련해 사람이나 사건에 대한 느낌을

틀 지우는 습성도 내겐 있었다. 밥을 잘 먹고 맛있게 먹는 사람을 보면 남자건 여자건, 참 성실하고 긍정적인 사람이구나 하는 편견을 갖는 것 말이다.

지금은 '지존'급에 해당하는 여배우를, 막 인기를 얻기 시작하던 때 인터뷰한 일이 있었다. 인터뷰가 끝나자 마침 점심 식사 시간이라 회사 근처 밥집에서 함께 밥을 먹었다. 여배우의 인터뷰 답변은 거의 '예상 정답'이었던 터라, 별 재미가 없었던 걸로 기억한다. 그런데 이 사람이 밥이 나오니까 주인아주머니에게 부탁을 하는 거였다. "저, 아주머니, 날계란 하나 하고 참기름, 간장 좀 주실 수 있을까요? 밥이 좋아서 비벼 먹고 싶어서요." 그러더니 정말 김이 모락모락 나는 밥을 비벼서 잘도 먹었다. 오, 이 사람 밥을 맛나게 먹는 사람이구나. 키가 170센티미터 가까이 돼도, 어떻게 죄다 몸무게는 40킬로그램대라고 프로필에 나오는지 알 수 없는 공식을 가진 여배우들의 세계에서 이렇게 밥을 내놓고 잘 먹다니, 이 사람 괜찮은 사람이다…… 단박 느낌을 품어버렸다. 이후에 톱스타가 돼서 그 여배우가 인기가 오르는 만큼 이런저런 구설에 휘말릴 때도 내 긍정적인 편견은 바뀌지 않았다.

객지의 허름한 밥집에 가서도 반찬이야 어떻든, 따뜻한 밥이 나오면 주인이 사람대접해주는구나 싶었다. 누룽지까지 끓여주면 어디 이모 삼촌네도 온 것처럼 마음이 푸근해졌다.

2. 식탁

내가 식탁을 '발견'한 건 20년 전쯤의 일이다.

초등학교 5학년 때 단독주택에서 아파트로 이사한 후 끼니때마다 들고 나던 '밥상'은 내 일상에서 사라져버렸고, 식탁이 집 한구석을 항상 차지하고 있었지만, 그에 대한 이러저러한 느낌은 없었다.

식탁이라는 것이 참 그랬다. 밥상은 제 역할이 필요할 때만 나타났지만, 식탁은 밥을 먹을 때나 아닐 때나 가구로 떡하니 자리를 차지하고 있는 거였다. 그 위에 밥 놓고 반찬 놓고 먹기는 매한가지지만, '식구들이 밥상에 둘러앉아'라고 말하는 것과 '가족이 식탁에 둘러앉아'라고 말하는 것에는 엄청난 어감의 차이가 있었다. 그게 식탁이든 개다리소반이든, 식구들이 둘러앉는 것은 '밥상'이지 '식탁'이 아니라는 게 내 분류법이었다.

그러던 내가 2000년 혼자 미국으로 연수를 떠난 길에 그만 식탁과 친해지게 됐다. 혼자 있다 갈 거라 가구를 살 일도 없고, 빌려 쓰다 가야 했는데, 식탁 따로 책상 따로 개수 늘리느니 큰 식탁 하나 빌려 쓰자는 궁리를 냈다. 마침 6인용 나무 식탁이 대여용으로 나와 있었다.

혼자서 의자 네 개가 딸려온 6인용 식탁을 쓰니, 아주 용도가 풍부했다. 여기서 밥 먹고, 한 칸 옮겨서 노트북 컴퓨터에 투닥투닥 뭐 입력하고, 건너가서 책 읽고……. 산만한 머릿속이 고스란히 머리 밖으로 나와 펼쳐진 것처럼, 내가 뭔가를 쓰거나 할 때는 반경 1미터 정도가 온갖 책과 자료들로 마구 어지럽혀지는데, 그 넓은 식탁에서는 내 산만함과 중구난방이 다 허용됐다. 오, 너그러운 식탁. 내가 뭘 하든 내가 필요하다는 대로 네 자리를 내주는구나.

연수가 끝나고 귀국한 후에도 식탁과 나만의 나름 내밀한 만남은 계속됐다. 긴 야근이 끝나고 자정이 넘어 귀가할 때면, 으레 식탁에 앉아 책을 읽었다. 몸도 정신도 넝마가 된 듯이 너덜너덜해져서 돌아온 밤, 가족들은 모두 잠들고 나 혼자 깨어 있는 그 시간이야말로, 내가 내 안으로 침잠할 수 있는 시간이었다.

악다구니 같은 하루를 보낸 날이면 더, 아무 책이나 닥치는 대로 꺼내, 운수 패를 떼듯 책장을 열었다. 밥상에 국과 밥과 김치와 생선과 고기와 야채와, 익힌 것과 날것들이 다 어울려 차려지듯이, 내 식탁 위의 독서도 그렇게 잡식성이었다. 『열하일기』를 읽다가 칼 세이건으로 넘어가거나, 소설을 거쳐 유아기 심리에 관한 아동심리학자의 책으로 옮겨가는 식의, 방향을 종잡을 수 없는 하이퍼링크였다. 가끔은 책 읽으며 먹던 짜장 범벅 국물이 책장 위에 떨어져 얼룩을 남기기도 했고, 또 가끔은 눈물 자욱이 남기도 했다. 내 말을 글로 옮기는 일기는 단 한 줄도 쓰지 못했지만, 그렇게 식탁 위에서 무언가를 읽는 시간이라도 없다면, 나를 견딜 수 없을 것 같았다.

3. 먹고산다는 것

서울 와서 처음 뵙고 이태 만에 다시 뵙게 된 어른이

이런 말을 하셨다 자네 얼굴, 못 알아볼 만큼 변했어

나는 이 말을 듣고

광화문, 어느 이층 카페 구석 자리에 가서 울었다

서울 와서 내가 제일 많이 중얼거린 말

먹고 싶다……

살아내려는 비통과 어쨌든 잘 살아남겠다는 욕망이

뒤엉킨 말, 먹고 싶다

한 말의 감옥이 내 얼굴을 변하게 한 공포가

삼류인 나를 마침내 울게 했다

그러나 마침내 반성하게 할까!

(…)

— 허수경, 「먹고 싶다……」 중에서 •

혹자는 '농촌 스릴러'로 분류한다는 영화 〈살인의 추억〉

을 혼자 보면서, 나는 내내 많이 슬펐다. 마침내 잡으려는 자와 쫓기는 자가 맞대면하게 되었을 때 하던 말, "밥은 먹고 다니냐?"가 도대체 어떤 뉘앙스로 다른 나라 말로 번역되었을지 나는 모르겠다. 내게는 분노도 모멸도 연민도 염려도 아닌 동시에 그 모든 것으로 들렸던 말.

이제 더는 못 살겠노라고 자기부정을 하는 순간에도, 살아 있는 한 제 입속에 먹을 것을 떨어 넣어야 하는 존재, 그런 나를 참혹함으로 바라보면서도 거듭 인정하며 하루하루를 살아가는 일. 나만, 사는 일을 그렇게 생각할까. "밥이 안 넘어간다"는 고통, "뭘 하든 먹고는 못 살겠는가"라는 막다른 다짐, "먹고살려다보니 이렇다"는 비굴한 변명, "밥은 먹고 사냐?"는 염려의 안부 인사. 그런 것들에서 나는 하늘 아래 더불어 살아가는 이들에 대한 애잔한 연대감을 확인한다. 그래, 어찌 됐든, 살아 있으니까 먹고는 살아야지…….

좋아하는 사람들과 맛있게 한 끼의 밥을 먹는 일을 나는 좋아한다. "음식 해서 좋은 사람들과 함께 밥 먹는 게 꿈이다"라고 했더니, 그 말을 들은 후배 하나가 단박에 문제점을 짚어냈다. "괜히 맛없는 거 해놓고, 먹으라고 해서 사람 고생시키지 말고 중국집에서 시켜줘요." 맞는 말이다. 먹는 걸로 사

● 『혼자 가는 먼 집』(문학과지성사, 1992), 44쪽

람 고생시키면 안 된다. 사 먹는 밥이라도 살아서 맛있게 더불어 먹고 행복할 수 있는 순간을 나눌 수 있다면, 뭘 그리 더 많이 바랄까.

내게는 더불어 먹었던 짜장면, 공깃밥, 라면, 떡볶이, 라볶이, 냉면, 김밥……. 그 순간들의 즐거운 배부름의 기억이 남아 있다. 내가 좋아하는 사람들이 어떤 슬픈 일을 당했다면, 그래서 하늘을 볼 기운조차 나지 않는다면, 내가 온 마음을 다해 할 수 있는 말은 이런 거다. "일단 밥부터 먹자." 도저히 안 넘어가는 밥, 물 말아 삼키는 한이 있더라도.

인간은 연약한 것에 삶을 건다

내 스스로가 하는 말을 마치 유리벽 저편에서 입술 모양으로만 짐작해야 하는 것 같은 시간을 지나왔다. 말하고 먹고 웃고 호기심을 가지고 불안해하고 화를 내고 가끔씩은 안달도 하고, 그렇게 아무 일 없었다는 듯, 어제와 같은 오늘이니 내일도 비슷한 모양으로 오겠지, 뭐가 올지 알 수는 없지만 돌연 땅 밑이 꺼지는 일 따위는 일어나지 않아, 그런 건 영화나 소설에서나 나오는 거지 하는 막연한 타성도 다시 쌓으며 하루하루를 건너왔다. 그러나, 과연 그런가?

2014년 4월 16일.

내 안에서 무엇인가가 무너져 내렸다.

무너져 내린 폐허 위에서 무언가가 꿈틀거리며 다시 일어날 수 있을지 아닐지 모르겠다고 생각하는 내가 나인 건지,

떠들고 먹고 웃고 영화를 보고 기한이 있는 논문을 쓰는 내가 나인 건지, 모르겠다.

유리벽 너머에서 벽을 쾅쾅 치며 말하고 있는 나의 말이 내 귀에 들리지 않는다. 뭐라고? 뭐라고? 컴퓨터의 자판을 눌러대는 순간조차 꿈속의 장면을 보는 것 같다. 들리지 않는 외침. 그것은 그럼에도 불구하고 살아가겠다는 절규? 아니면 나는 도무지 아무것도 모르겠다는 절망?

2014년 4월 16일.

그날 이후로도 나는 여전히 삶을 말할 수 있는가? 희망을 말할 수 있는가? 진실이란 것에 대해 말할 수 있는가?

여름, 땡볕 밑에서 갈증을 견디던 사람이 허겁지겁 물을 찾아 마시는 것처럼 30년도 더 전에 읽었던 『페스트』를 다시 사서 읽었다. 지그문트 바우만이 인용한 카뮈의 한 문장이 나를 잡아끌었기 때문이다.

'아름다움은 있지만 분명 굴욕적인 것들은 있다. 나는 그 사명이 어떤 어려움을 안겨준다 할지라도, 결코 그처럼 굴욕적인 것들이든 아름다움이든 간에 둘 중 그 어느 하나에도 불성실하고 싶지는 않다.'•

• 지그문트 바우만, 『고독을 잃어버린 시간』, 조은평·강지은 옮김(동녘, 2012), 385쪽

아름다움과 굴욕적인 것들로 이분될 수 있는 세상이라면, 흑과 백 중에 어느 하나를 고르듯 명확하게 선택할 수 있다면, 삶은 훨씬 더 동화 같을 것이다. 삶은 그렇지 않다고 나는 생각하지만, 미로의 출구를 찾기 위해서가 아니라 내가 지금 헤매고 있는 지점이 어디인가를 알기 위해 원점이 어디였던가를 복기하는 기분으로 『페스트』를 찾아 읽었다.

열다섯 살이었던가. 여름방학, 온돌이 들지 않는 서늘한 방바닥에 등을 대고 누워 문고판 『페스트』를 읽으며, 나는 사람이 문자를 읽으면서도 울 수 있다는 것을 처음으로 경험했다. 그것은 페스트가 폐허로 만들어버린 도시의 크리스마스 날, 장난감들로 가득 찬 어느 진열장 앞에서 병에 감염된 시청의 늙은 서기 그랑이 눈물을 흘리는 장면이었다. 그는 머나먼 세월의 저편에서 그를 떠나간 아내를 생각하고 있었다. "그녀에게 편지를 쓸 시간을 갖고 싶습니다. 그녀가 잘 알 수 있도록……. 그래서 후회 없이 행복하게 살도록……."•

상실, 돌이킬 수 없음 같은 것들이 무엇인지도 모를 나이에 나는 왜 그랑의 슬픔에 그렇게 전염되었던 것일까. 어렴풋하나마 그것은 소망이란 것이, 사람을 살게 하는 아름다운 기억이라는 것이, 닥쳐오는 거대한 파도에 살짝만 젖어도 힘을

• 알베르 카뮈, 『페스트』, 김화영 옮김(민음사, 2014), 341쪽

잃어 추락하고 마는 나비의 날개 같은 것이지만, 그 부질없고 연약한 것에 인간은 많은 것을 걸고 살아갈 수밖에 없다는 어떤 공감의 슬픔이 아니었을까.

다시 읽은 『페스트』에서, 몇 번씩 되풀이해서 읽은 지점은 전혀 다른 곳이었다. 페스트로 고립된 도시의 일원이 되어버린 여행자 타루가 민간 의용대를 조직하겠다며 페스트에 맞서고 있는 의사 리유를 만나는 장면에서의 두 사람의 대화. 한 내면의 두 목소리인 것 같은 둘의 이야기를 몇 번씩 곱씹어 읽어본다.

죽음과 싸우는 것이 의사의 일이라면 결국 그것이 페스트든 노환이든 의사가 맞닥뜨리는 것은 언제나 일시적인 승리와 끝없는 패배라는 것. 그러나 끝없는 패배를 피할 수 없다는 것이 싸움을 포기할 이유가 되지는 않는다는 리유의 말.

도시의 거주민도 아닌 여행자로서 자신의 목숨을 위태롭게 할 수도 있는 의용대를 왜 자진해서 만들려고 하느냐는 리유의 질문에 자신의 윤리관 때문이라고, 그 윤리관이 무엇이냐고 묻자 "이해하자는 것"이라고 짧게 답하는 남자 타루.

끝없는 패배를 피할 수 있는 인간도, 여행자로서만 살아갈 수 있는 인간도 없다. 그러나 '끝없는 패배'라는 자명한 결과를 알면서도 싸움을 계속할 것인지, 그곳이 어디였든 인생의 순간순간은 스쳐가는 여행지라는 것을 알면서도 그중 어느 한 곳에 운명을 걸지를 결정하는 것은 선택의 문제일 수 있다. 그리고 때론 아주 조그마한 진실이라도 다 걸지 않으면 '이해할 수' 없다.

"자신이 몸담아 살고 있는 세상에 대해 지쳐버렸으면서도 동류에 대한 관심은 여전히 있으며, 또 자기 딴에는 불의와의 타협을 거부하기로 결심한"• 의사 리유는 카뮈의 한 조각일 것이다. 카뮈가 『페스트』를 탈고한 것은 그의 나이 서른네 살 때인 1947년이다. 그리고 1960년 1월 4일, 카뮈는 만 마흔일곱을 채우지 못하고 자동차 사고로 세상을 떠났다.

끝없이 굴러 떨어지는 바위를 다시 밀어 올리는 시시포스를, '그의 운명은 그의 것이고, 그의 바위는 그의 것이므로 말없는 기쁨은 송두리째 거기에 있다'고 묘사했던 카뮈. '부조리한 인간이 자신의 고통을 응시할 때 모든 우상들은 침묵한다'고 했던 젊은 그가, 더 오래 살았더라면, 여전히 자신의 고통을 응시할 수 있었을까. 자신이 몸담아 살고 있는 세상에 대해 지쳐버렸으나 '그의 바위도, 그의 운명도, 그의 것이므로 시시포스는 기쁘다'고 했던 카뮈의 환희의 송가는 계속되었을까?

적어도 지그문트 바우만은 이렇게 물었다. 카뮈는 우리에게 정녕 과거형인 것이냐고. 우리는 반항하는 법을 잊은 것

• 위의 책, 23쪽

이냐고. "페스트를 이기는 유일한 답이 성실성"인 것처럼 아름다움과 굴욕 그 어느 하나에도 불성실할 수 없는 것 아니냐고.

미화 없는 자화상

그 붉은 물감을 내동댕이친 것 같은 코는 너무나 존대해서 자 칫 웃음을 자아낼 정도지만, 그러나 그렇다고 해도 체험이 예 술로 변모하는 그 마술에 사람들은 경외심을 품지 않을 수 없 다. 저 붉은 코를 보면 나는 심한 질책을 당하고 있는 듯한 느낌 이 든다. 돌연 나는 내 도덕성의 천박함과 협소한 공감능력, 내 직업의 공허함을 깨닫게 된다. 렘브란트라는 거대한 천재가 지 닌 겸허함이 미술사가에게 침묵하도록 경고하는 것이다.[•]

서경식 선생이 〈한겨레신문〉에 연재했던 '내 서재 속 고

• 서경식, 『내 서재 속 고전』, 한승동 옮김(나무연필, 2015), 120쪽

전'이 책으로 묶여 나왔다. 아무 장이나 한 장씩 펼쳐 읽어나가다가, 렘브란트의 자화상에 대한 미술사가 케네스 클라크를 다시 인용한 대목에서 그만 자세를 고쳐 일어나 앉았다. 미술사에 대한 이렇다 할 지식이 없는 나지만, 유럽의 미술관 몇 개를 돌고 난 뒤부터는 '대체 렘브란트는 자화상을 몇 개나 그린 거야?'라는 생각을 하게 됐다. 사실은 몇 개가 궁금한 것이 아니라, 왜 그렇게 집요하게 자기 자신을 그렸는지, 그 속이 궁금했다.

나르시시즘이라고 하기는 석연치 않았고, 모델을 살 돈이 없어 자기 얼굴을 그린 것이라고 할 만큼 그의 화가 인생 전반이 궁핍의 연속도 아니었다. 모더니즘의 관점에서 '자기의 발견'이라고 하기에는 '메멘토 모리Memento mori ••'가 지배하던 당시의 사회문화적 기류—렘브란트의 다른 정물화 등에서도 발견되는—에서 그를 너무 뚝 떼어내는 과도한 해석인 것 같기도 했고.

그가 당대의 초상화가로 인기를 누렸다는 것을 안 것은 한참이 지난 뒤였다. 그에게 그림을 맡겼던 부르주아들은 그의 그림을 통해 자신만의 표정을 가진 고유한 존재로 재탄생

•• '자신의 죽음을 기억하라' 혹은 '너는 반드시 죽는다는 것을 기억하라'라는 뜻의 라틴어 낱말이다.

램브란트 하르먼스 판레인,
〈63세의 자화상〉, 1669년.

했다. 그런 그에게 자화상은 스스로를 벼리는 과정이었을 것이다. 그럼에도 불구하고 늙어가는 자기의 모습을 젊어서 그나마 볼 만했을 때와 마찬가지로 그려갔던 것이 내게는 어떤 '집념'으로 비쳤다. 아내도, 재산도 다 잃고 말년의 그는 퍽이나 딱한 처지였던 모양인데, 세상을 떠난 해에 그린 저 자화상은 자기 연민인지, 세월의 무상함에 대한 애가哀歌인지, 도대체 무슨 작정으로 저렇게까지 늙은 자신의 얼굴을 치밀하게 그렸을까. 보는 내 마음이 묘하게 출렁거려 오래 그림 앞은 떠나지 못했었다.

그래서였을 게다.

'우리는 다소의 변명과 희망적인 미화 없이 자기 자신을 받아들일 수 없는 것이다'라는 케네스 클라크의 문장에 소스라쳐 일어나 앉았던 것이. 붉은 물감을 내동댕이친 것 같은 램브란트 자화상의 코를 보며 마치 심한 질책을 당하고 있는 것 같다고 느낀다는 그의 말에 나 역시 머리를 맞은 것 같았던 느낌이 들었던 것이. 변명이나 미화 없이 자기 응시를 하는 늙은 화가의 용기와 투지가 나를 그의 자화상 앞에 붙박여 움직이지 못하게 했었던 것이라는 자각이 들었던 것이…….

램브란트가 이 자화상을 그렸던 것은 그가 63세로 세상을 떠나던 해였다. 살아서 몇 년을 더 산다면 나도 맞을 나이다. 현재에 대한 미화도, 과거에 대한 변명도 없이, 있는 그대로의 나를 맞닥뜨려 나는 그 나이를 맞을 수 있을까.

"나는 무섭구나, 얘야"라며, 마침내 도착한 다른 세상으로 향하는 바다 앞에서 주저앉아 울던 영화 〈정복자 펠레〉의 늙은 아버지가 램브란트의 자화상 위에 겹쳐 떠오른다.

작가의 말

박완서 선생이 가셨다.

세상을 떠나신 지 사흘이나 지나고서야 태평양 건너 미국에서 인터넷으로 선생의 부음을 마주했다.

선생을 '내가 좋아하는 소설가'라고는 말하지 못하겠다. 좋아한다는 말로 표현하기에는 충분하지 않기에……. 선생은 기억이나 하셨을까 모르지만, 아차산 자락에 사시던 때, 박경리 선생을 모시고 가서, 그분이 해주신 밥을 먹은 일이 있다. 그저 밥벌이하던 시절의 여러 삽화 중 하나일 뿐이지만, 두 어른 사이에 앉아 있었던 그 몇 시간, 나는 두 개의 큰 산 아래 서 있는 작은 아이처럼 가슴이 쿵쿵거렸다. 서로 모양이 많이 다르나 저마다 깊은 산

야멸차리만치 있는 걸 있는 대로 쓴 분…….

좋은 말로 슬쩍 뭉개고 가거나, 어지간하면 민망해서 시치미 뗄 일도, '사실 당신 속이 이런 거 아니오' 하고 낱낱이 드러내던 묘사들. 시원하다고 해야 할지 난감하다고 해야 할지 그렇게 불편하지만 차마 '나는 모른다'고 잡아뗄 수 없는 게 박완서 선생의 소설을 읽을 때의 내 심정이었다.

선생의 딸이 회고한 어머니 이야기를 읽으며 나는, 내내 말하지 않다가도 한마디 할 때는 아주 속을 확 후비는 듯한 그의 세상을 보는 눈이, 저녁이면 방마다 연탄불 갈고, 고등학교 입시 볼 딸 체육 시험 준비시키느라 골목에서 배드민턴 같이 쳐주고, 식구들 밥해 먹이고 빨래해 입히고, 그런 어느 밤에 개다리소반에 앉아 소설을 썼기에 그랬을 거라고 생각했다.

사는 일……이라는 게 입에 붙은 소리가 아니라, 사는 것 자체를 쓴 분이라 그렇다고 생각했다. 그래서 선생이 쓰는 글은 어쩌다 한 번씩 읽어도 허투루 읽히지 않았다. 일 년에 한 번씩 신춘문예 행사 때나 얼굴을 볼까 말까 한 문학 담당 기자였던 나를 대하는 당신의 일관된 새침함이 나는 조금도 서운하지 않았다. 그래야 그분이었으니까. 별것 아닌 일에 호들갑 떨지 않고, 무슨 일 한다고 소리만 요란하지 않고, 아닌 걸긴 것인 양 사탕발림하지 않는 게 당신이니까…….

그런데 부음 기사에 실린, 참 진부해보이기까지 하는 선생의 '작가의 말' 한마디가, 내가 지금껏 미처 못 보고 있었던 그이의 저 깊은 곳, 당신의 글을 길어 올린 저 깊은 우물을 보여주는 것 같아, 그 앞에서 새삼 왜 그 생각을 못 했던가 놀라고 숙연해진다. '비극의 시대(한국전쟁)를 글로 증언하겠다'라는 생각이 자신을 작가의 길로 이끌었다는 말에…….

종종걸음 치며 사는 생활인의 힘만으로는, 글을 쓰고 싶다는 욕망만으로는 설명되지 않았던 선생님의 소설 저 깊은 곳의 울림은 거기에 있었던 것이다. 살아남은 자 누구나를 다 할퀴고 간 전쟁이기에, 그 시절을 산 작가들 대부분이 우리고 우려 그 체험을 쓴다고 생각했지만, 박완서 선생은 선생의 방식대로 '증언해야 한다'라는 소명을 가지셨던 거다. 어느 누구도 자신에게 부여하지 않았으나, 자기 스스로 내 몫이라고 짊어진 소명. 너무 뻔한 듯이 보여 남들은 듣고도 잊어버릴 말이었겠지만, 그이에게는 절실했을 그 이유.

가시는 길, 당신 평소 모습대로 간결하다.

휑한 느낌이지만, 슬픔보다는 머리 숙여 안녕히 가시라 인사드리고 싶다.

선생님 하실 만큼 하셨다고…….

내게도 정녕 그런 것이 있다면, 그래서 아직 이 세상에 머무르고 있는 것이라면…….

나의 소명은 무엇일까.

레닌, 밀, 스피노자

　　박사학위 과정 첫 해 두 번째 학기에 부여받은 개인 열람실은 창이 있고 호젓해서 좋았다. 종일 갇혀 있는 것 같던 개인 열람실이지만, 방문을 나서면 말없이 곁에 있는 친구처럼 든든하던 3층 남자들이 있었다. 학기가 바뀌고 새로 열람실을 배정받으면 어느 층으로 가게 될지 모른다. 개인 열람실을 떠나던 날, 나는 이들에게 차례로 작별 인사를 했다.

1. 레닌

　　도서관 3층의 새 열람실을 사용하고 며칠이 지나서였나. 화장실에서 나오다보니, 오른쪽 서가에 벽돌색 가죽 장정 선집이 눈에 띄었다. 『블라디미르 일리치 레닌』.

149

1967년 모스크바의 프로그레스 출판사에서 나온 선집의 영역판이었다. 대학 시절 『러시아혁명사』를 읽었고, 『무엇을 할 것인가』를 읽었던 것 같고, 또 이런저런 짜깁기 레닌 번역서들을 보았겠지만, 레닌을 숭배하기는커녕 호감을 가져본 적도 없다. 그런데 낯선 땅, 내가 하루에도 몇 번씩 들락거리는 화장실 근처에 그가 빛바랜 장정으로 있다니……. "어이, 레 동지, 안녕하신가?"라고 인사를 건네는 심정으로 책을 펴들었다. 뜻밖에도 내 손이 가는 곳에 있는 그의 선집 중 열 권 남짓은 그가 가족들에게 보낸 편지를 모은 부분. 혁명하느라 무지하게 바빴을 터인데도, 편집자 설명에 따르면 그는 일주일에 한 번 아무리 길어도 열흘에 한 번씩은 가족들에게 편지를 썼단다.

맨 처음 읽은 것이 먼 곳으로 유학을 떠나는 여동생에게 보낸 것. '비단구두 사 가지고 오겠다'라던 오빠처럼, 웬 자상한 충고가 그리 많은지. '나도 사회과학 공부를 하려니 러시아 안에서는 배울 만한 곳이 없었다'라는 둥, 지적인 욕구에 허기진 청년 레닌의 모습이 보였다. 기껏해야 두 페이지짜리 편지글 모음이라, 오며 가며 일진을 점치는 화투 패를 떼듯, 아무 권이나 골라 가끔 열어보곤 했다. 혁명가 레닌이 아니라 사람 레닌의 모습을 보는 게 재미있어서였다.

'이와 칠 있으라고. 가끔 놀러올게'라는 심성으로 열람실을 떠나던 날 열어본 페이지는 37권의 344쪽. 1902년 5월 8일

런던에 있던 그가 곧 자기를 만나러 올 러시아의 어머니에게 보낸 편지다. 내 기분에는 그가, 이 페이지를 고르게 해서는, 잠깐 친구 했던 내게 다정한 작별 인사를 건네는 것만 같았다.

"사랑하는 엄마. 며칠 전 볼가의 아름다운 풍경이 담긴 엽서를 받았어요. 엄마를 빨리 뵙고 싶어요. 걱정스럽게 엄마의 출발 소식을 기다리고 있답니다. 오실 때 제가 거기 남겨둔 옷가지를 좀 가져다주실 수 있겠어요? 새 옷 사서 갖고 오실 필요는 없고요, 거기서 아무도 필요로 하지 않는 것만 좀 가져다주세요. 엄마한테 짐이 되지 않을 정도로만요. 독일 오스트리아 구간은 꼭 특급열차 타시고요. 열차 시간표랑 집 떠나기 전에 미리 다 확인하세요. 당신의 V. U."

2. 밀

열람실 쪽으로 몸을 틀기 전 건너편 관으로 가는 통로의 존 스튜어트 밀의 책들에게도 인사를 했다. 레닌보다 먼저 밀을 발견했을 때, 얼마나 기뻤던지. 통로에 있어서, 더욱 무슨 풍경처럼 누구의 눈길도 끌지 않는 서가에서 그를 본 순간, 마치 내가 올 줄 알았다는 듯이 나를 기다리고 있던 옛 친구를 만난 심정이었다. 석사논문을 쓰면서 그의『자유론』을 읽어볼 기회를 가졌다는 것이 내게 석사논문이 준 선물이라면 선물이다.『자유론』과 더불어 읽어본 그의 삶도 자신이 생각하는 인간의 자유를 지키기 위해 나름 자신이 나고 자란 사회에 고집스럽게 부딪치고 인내하는 것이었다.

지적이고 도덕적인 존재로서 인간이 보여주는 모든 자랑스러운 것들의 근원은 자신의 잘못을 시정할 수 있는 능력 덕분이라는 둥, 가장 정확한 진리를 얻을 수 있는 방법은 상이한 의견을 가진 모든 사람들의 생각을 들어보고 다양한 처지의 사람들의 시각에서 그 문제를 이모저모 따져보는 것이라는 둥…….

"우리 삶에서 가장 중요한 문제가 토론의 대상이 될 수 없는 곳에서는 인간 역사를 그토록 아름답게 빛내주던 거대한 규모의 정신활동이 일어날 수 없다"•던 그의 주장이, 분노와 무력감을 꾹꾹 누르며, 아무짝에도 쓸모없을 것 같은 석사 논문이란 걸 쓰던 내게 얼마나 위로가 되었던지……. '타자의 다름'을 인정할 관용이 없다면 우리가 인간일 수 없다고, 이미 2세기 전에 밀이 말했어도 안 됐고, 그와 마찬가지로 앞으로도 안 되겠지만, 그렇다고 그게 의미가 없는 건 아니지, 포기될 수 있는 것도 아니겠지, 라고…….

• 존 스튜어트 밀, 『자유론』, 서병훈 옮김(책세상, 2005), 70쪽

3. 스피노자

스피노자는 내 개인 열람실 건너편 관에 있었다. 페이퍼 때문에 참고 문헌을 찾느라 목록을 죽 훑어가던 중에 발견한 이탈리아 공산주의자 안토니오 네그리의『전복적인 스피노자』. 책이 놓인 서가로 가보니 스피노자의 저작들이 줄지어 있었다. 아, 이런, 가까운 데 계셨는데 몰랐군요.

중학생 때던가, 아주 짧고 쉬운 철학 개론 비스무레한 책에서, 유대인인 스피노자는 누구든 최소한 밥벌이할 수 있는 기술 한 가지를 가져야 한다는 당시 유대 사회의 율법에 따라 렌즈 가는 일을 배웠고, 그래서 먹고살았다더라 하는 대목을 읽었던 게 아주 인상 깊게 기억에 남아 있었다. '아, 사람이 철학을 하든 뭘 하든 제 밥벌이할 거 한 가지는 있어야 제 할 말을 하고 사는가보다'라고 생각했다.

그가 인간의 정신과 마음에 대해서 어떤 얘기를 했는지, 무엇 때문에 그렇게 위험한 사상가로 몰려 자기가 속한 유대 사회에서 '파문'이라는 사회적 생매장을 당했는지, 골치 아프게 그의 철학을 공부하고 싶은 생각은 전혀 없었다. 그러나 언제부터인가 내 마음에 닿는 생각과 문장들을 따라가다보면, 그것들이 멀리 스피노자에 닿는다는 공통점이 발견됐다. 하다못해 밀까지도…….

철학도가 아닌 뇌생리학자 안토니오 다마지오가 쓴『스피노자의 뇌』는 그가 살았던 헤이그의 집을 찾아가, 스피노자의 삶이 놓였던 사회적 풍경을 재구성하는 방식 때문에 재미있게 읽었다. 무엇보다도 내게 와닿았던 것은 헤렘(유대교의 추방 의식)의 이야기였다.

헤이그 유대인 공동체의 남녀노소를 모두 모아놓고 스피노자에 대한 헤렘을 선포하며 유대 랍비들은 공식적인 저주의 문장을 남겼다. 다마지오가 친절하게 옮겨놓은 바에 따르면 그것은 '사악한 견해와 저서'를 내놓은 스피노자에 대해 '낮에도 저주받고 밤에도 저주받고 자는 동안에도 저주받고 깨어 있는 동안에도 저주받을 것'이며 '어느 누구도 말이나 글로 그와 대화해서는 안 되고, 어느 누구도 그에게 호의를 보여주어서는 안 될 것이며, 누구도 그와 2미터 이내로 가까이해서는 안 되고, 그의 저작을 읽어서는 안 될 것'이라고 못 박았다.

당시의 율법에 타협했더라면 스피노자는 유대 사회에서도 그 유대 공동체가 속한 네덜란드 사회에서도 존경받는 부유층으로 살 수 있는 사람이었다. 추방과 함께 그는 자신이 갖고 있던 모든 재산과 사회적 지위를 박탈당했다. 이 지독한 헤렘의 소식을 친구의 집에서 전해 들은 스피노자는 다만 이렇게 말했다고 한다.

"이 일이 있다고 해서 내가 하지 않았을 일을 하게 되지는 않을 것이다."

이 발언에 대한 다마지오의 평에 나 역시 동의한다.

"간단명료하고, 위엄 있고, 요점을 꿰뚫는 말이 아닐 수 없다."

나를 스피노자에게 이끈 네그리가 자기 책의 결론 부분에 쓴 대목이 흥미롭다. "20년 전쯤, 그러니까 내 나이 사십대로 접어들 무렵에 나는 내 청춘의 책인 『에티카』로 다시 돌아왔다"라고 그는 다소간 고백적으로 말했다. 그러니까 사십대는 스피노자를 읽기에 좋은 나이라는 것인가?

내가 아주 조금 아는 세 남자. 누구는 혁명을 성공시켰고, 누구는 프랑스 여행 중에 죽은 아내 곁에 소박하게 묻혔고, 누구는 유서 대신 비밀스레 유고를 남겼고…….

그들의 흔적이 고즈넉이 빛바래가며 자리를 지키고 있던 도서관 3층 개인 열람실에서 그들과 은밀한 봄 한철을 보냈다.

싸늘한 골몰이 좋다

2009년 가을, 뉴욕의 메트로폴리탄 뮤지엄에서 내게 편지가 날아왔다. 어쩌다가 내 주소가 거기로 흘러 들어간 것인지는 알 수 없으나, 좌우간 기부자가 되어달라는 것이다.

최저생계비 적용 대상자인 대학원 조교 깜냥에 기부는 언감생심이지만, 메트로폴리탄 뮤지엄이야 편지 보내느라 헛돈을 썼든 말든, 나는 그저 책상 앞에 붙여놓을 엽서 한 장이 생겼다는 사실에 좋아라 했다. 친절하게도 특별진에 내걸린 요하네스 페르메이르의 그림을 인쇄한 엽서 한 장을 편지와 동봉한 거다. 인쇄 상태도, 크기도 더 이상 좋을 수 없는 이 엽서를 당장 도서관 개인 열람실 책상 앞에 붙여놓고 시도 때도 없이 들여다봤다.

그림을 잘 그리는 사람도 아니고, 그림에 대한 감식안이 있는 것은 더더욱 아니지만, 뭐라 설명할 수 없이 내 마음이 가닿는 그림들이 있다. 페르메이르도 언제부턴가 그런 화가 중 하나였다. 아마도 그의 작품 중에 가장 널리 알려진 것은 〈진주 귀고리를 한 소녀〉일 것이고, 나 역시 그림에 잡힌 그 소녀의 표정—두려워하면서도 저항할 수 없는 어떤 유혹에 다가가는—을 좋아하지만, 보면서 마음이 편안해지는 건 다른 그림들이다.

　　우유를 따르는 여인도, 편지를 읽는 소녀도, 보는 사람의 시선을 아랑곳하지 않고 자기가 하는 일에 골몰해 있다. 기쁨

요하네스 페르메이르,
〈우유 따르는 여인〉, 1658-1660년경.

요하네스 페르메이르,
〈열린 창가에서 편지를 읽는 소녀〉,
1657.

도 슬픔도 두려움도 한탄도 그 얼굴 위에 드러내지 않는다. 다만 세상이 무너진다 해도, 자기가 지금 하고 있는 사소하고도 사소한 일을 멈추지 않을 것 같다.

내게 정말로 매혹적인 것은 바로 그림 속 왼편의 창을 통해 들어오는 빛이다. 우유를 따르는 여인의 고집스럽게 툭 튀어나온 이마, 일하는 사람이라는 걸 알게 해주는 팔뚝의 근육, 야무지게 접어 올린 앞치마의 풍성한 주름들은 이 빛과 만나서 비로소 '그녀'를 말한다. 편지를 읽는 소녀는 아예 창문을 연 채 쏟아져 들어오는 햇살 속에 서 있다.

나 아닌 다른 존재, 내가 알 수 없는 세상으로 향하는 창문 곁에 서서, 식사를 준비하거나, 편지를 읽거나 혹은 바느질을 하는 여인들. 일상의 반복을 지탱하는 사소한 일들에 골몰해 있는 듯하지만 이 여인들의 마음속에 어떤 생각이 피어올랐을지 누가 알겠는가.

머물러 있는 듯 보이지만, 한없이 사소한 일상의 반복을 통해 세상과 타자를 향해 나아가는 여인들. 고요한 그림들을 보면서 나 혼자 그런 상상을 하며 이 여인들의 단아하고 웅숭깊은 의지에 가슴이 쿵쿵거린다.

끝은커녕, 시작을 어떻게 해야 할지도 오리무중인 파이널 페이퍼들과 도무지 갈피 잡히지 않는 이런저런 일들이 늘 놓여 있던 개인 열람실의 내 책상. 내 손으로 끝내든지 포기하든지 결정해야 할 일들을 어떻게든 미루고 피하는 동안 책상 위의 그녀만 더 자주 흘끔거렸다.

내가 그러거나 말거나 350여 년 전부터 저다지도 안정된 자세로 우유를 따르고 있는 그녀는 '닥치고 네 일이나 하지'라며 눈길 한번 주지 않았다.

그 싸늘한 골몰이 좋다.

글이 달랠 수 있는 것이
무엇이라고

1. 이사

그러니까 책을 싸는 일이든, 책상 서랍 안을 정리하는 일이든, 그걸 열어보는 짓 같은 건 하지 말았어야 했다. 하지만, 언제 단 한 번이라도 그 유혹을 이겨본 일이 있던가.

집을 지고 이사하는 달팽이처럼, 차마 버리지 못하고 태평양 건너까지 끌고 온 책들을 다시 싸며, 예외 없이 짐을 꾸리기보다는 산만하게 책을 뒤적이고 있다.

나, 특별히 책 읽기를 좋아하는 사람은 아니다. 글 쓰는 일을 흠모하지 않으며, 다독가도 아니다. 그러나 대학 입학 후 처음으로 내 방을 갖고, 처음으로 내 책만으로 채워진 책장을 갖게 되었던 몇 년간은 컴컴한 어둠 가운데 손을 뻗어도 어디에 무슨 책이 꽂혀 있는지 알 수 있는 나만의 서가 배

열에 안식을 얻곤 했다. 『자본주의 경제의 구조와 발전』이니 『세계철학사』니 하는 정치경제학 책들이 늘어선 윗줄 서가에는 강석경 씨의 예술가 인터뷰집인 『일하는 예술가들』과 여인들의 과묵한 뒷모습이 담긴 박수근 화백의 데생집, 그리고 『어린 왕자』가 『오월시 동인』, 『해방서시』 같은 제목의 시집들과 나란히 꽂혀 있었다.

저쪽 끝에서 책 한 권을 갖고 있다는 이유만으로 사람들에게 국가보안법이라는 죄명을 씌우면, 이쪽 끝에서는 문학도 사회주의 리얼리즘이 아니면 다 가짜고 '프티 부르주아'라며 머릿속 생각의 공개 재판을 주저하지 않던 시절이었다. 내 책장은, 그 시절 이곳에도 저곳에도 속하지 못하던, 내 주거 부정 내면의 현장 같은 것이었다.

졸업 이후 내 돈 주고 산 책뿐만이 아니라 일 때문에 보아야 해서 공짜로 생긴 책들까지 하나둘씩 늘어나면서, 책장도 한 개 두 개 늘었다. 그 책장에는 겨우 한두 장을 건성으로 읽었을 뿐, '넌 대체 어디서 나타난 거냐?'라고 물어야 할 낯선 책들이 점점 많아졌다. 틈틈이 솎아내는데도 사라지지 않고 남은 책이라면 너도 나하고 무슨 인연이 있어 이러는 거겠지, 그렇게 내버려두기로 했다.

지금 내 책장에는 한때 나를 가만히 흔들었던 책, 예컨대 '나는 애당초 존재가 없는' 존재였다며 시치미 딱 뗀 채로 쫀득쫀득한 한국말의 속맛을 가르쳐준 이문구 선생의 소설

집『관촌수필』같은 것들은 없다. 대신에, 생판 남처럼 잘 읽지도 않는 책들이 여전히 낯선 채로 그러나 무슨 굳은살처럼 여기저기 박여 나를 기다린다.

2. 밑줄

정독이라고 하기에는 너무나 느린 속도로 책을 읽는 나는, 게다가 밑줄까지 치는 지저분한 버릇을 갖고 있다. 그 밑줄도 모자라 심지어 메모까지 해대던 짓은 그나마 애써 줄이려고 노력하지만……. 그렇게 하는 것이 한심한 이유는 그 밑줄이나 메모를 다시 참고하는 일이 없기 때문이다. 열심히 본 책에 밑줄 하나 남기지 않는 사람을 보면, 아, 참 현명하고 담백한 사람이로군. 호들갑스럽지 않고, 라며 저절로 존경의 마음을 품게 된다. 그런데 시간이 꽤 쌓인 뒤에는 그 지저분한 밑줄 때문에 오래전 그 책을 만났던 시간을 더듬어보는 일도 생긴다. 부모님의 책장에서 꺼내 든 뒤 내가 갖고 있는 세로쓰기 판형 헤르만 헤세의『데미안』에는 '1970년 9월 12일 서울에서 오빠가'라는 메모가 역시나 세로쓰기로 책 맨 뒷장에 적혀 있다. 그 '오빠'가 고모의 오빠인 내 아버지인지는 여전히 분명치 않다.

책의 수취인은 내가 아니었지만, 책 속의 밑줄만은 분명 내 것이다. 밑줄을 그어대던 순간의 풍경마저 기억나는 걸 보면…….

　‘나는 다만 나 자신에서 스스로 생성되어가고 있는 것에 살아보려고 원함에 지나지 않는다. 그런데 그것이 어찌 그렇게도 어려웠던가?’, ‘각자에 있어서의 진정한 사명은 다만 자기 자신에 도달하는 일이었다.’

　어린 내가 빨간 펜으로 그어놓은 문어체 문장을 읽다가, 쯧쯧, 중년의 내가 혀를 찬다. 저런 문장들에 사로잡혔길래, 이 나이 먹도록 허공 중에서 자아를 찾는 헛손질을 했지. 인간이 자기에 매몰되는 동어반복을 저지르지 않고, 세상을 날것으로 맞닥뜨려 사는 법을 깨치려면, 이런 책은 사춘기 아이들 손에 닿지 않는 곳에 두어야 했던 건데.

　역시나 세로쓰기 판형인 로맹 롤랑의 『베토벤의 생애』에는 ‘괴로움을 돌파하여 기쁨으로’에 밑줄. 뭐냐, 중간고사라도 망쳤던 거냐? 아니면 왕따? 그 시절 내가 얼마나 괴로웠는지는 모르겠지만, 그래도 이 문장 때문에 독일어 읽고 쓰기를 배웠던 것에 감사했던 기억은 난다. 슈베르트의 〈음악에An die Musik〉를 원어로 부를 수 있다는 뿌듯함과 함께. 괴로움보다는 기쁨이 낫다는 것을 알았다는 것만 해도 싹이 완전히 노란 아이는 아니었던 것이 아닐까.

3. 빈집

어젯밤 나의 수면을 결정적으로 망친 건 기형도와 그의 친구들이었다. 오랫동안 한번 열어보지도 않았던 책인데…….

기형도의 시에 열광까지 해본 적은 없지만, 그의 친구들 다수는 내게도 익숙한 이름들이라 한 사람 한 사람의 몸짓과 말버릇, 목소리를 떠올려가며 혹은 소설로 혹은 일지로 그들이 쓴 친구에 대한 기억을 듬성듬성 읽었다.

고약한 사람, 기형도. 당신도 그러자고 해서 그런 것은 아니었겠지만, 가엾은 친구들을 '빈집'에 가둔 채 그렇게 홀연히 가버렸으니, 다 큰 사람들이 『사랑을 잃고 나는 쓰네』라고 징징거리며 책을 냈던 거지요.

오래된 책을 뒤적거리는 일은 기억 속의 문장을 되새김질하는 것이 아니다. 그때그때 내 처지에 따라 새로 그 책을 만나고 처음인 듯 읽게 된다. 그럴 때는 내가 책을 고른 것이 아니라, 책이 나를 불러 내가 그 앞에 있는 것만 같다. 그 옛날, 이 책을 읽었을 때는 죽은 기형도가 친구들 꿈에 나타나, 저세상에서 나도 너희들처럼 여자 만나 아이 낳고 살고 있다고 묘사한 원재길 씨의 소설 속 한 대목을 눈여겨보지 않았다. 그런데 '이건 소설'이라고 못박고 쓴 그 으스스한 얘기가 사실은 어느 친구에겐가 일어났던 일이라는 확신과 함께 어찌나 애잔하던지……. 어린 제 아이가 아픈 것에 마음을 써서 얼굴이 초췌해진 귀신이라니…… 친구들이랑 놀던 운동장을 서성이는 혼이라니…….

너도 여기서 그렇게 우리랑 같이 시시하게 늙어갔으면 좋았잖니, 라는 친구들의 안타까운 바람이 그의 혼을 그렇게 불러냈던 것일까.

내 앞에서 그의 친구 누구도 기형도의 이름 석 자를 부러 꺼내어 말하지 않았었다. 보고 싶다, 그 녀석이 이렇게 지금도 아프게 생생하다, 한 적 없었다. 이 사람들, 그렇게 말없이 친구를 가슴에 품고 살았었구나 하는 생각이 드니, 내가 모르는 그이들의 순하고 어린 얼굴을 보는 것 같아 아리다.

4. 한 조각 꽃잎

一片花飛減却春 한 조각 꽃이 져도 봄빛이 깎이거니

— 두보 「곡강의 시 두 수曲江二首」 중에서

봄이 가고 있다는 생각에 한 조각 낙화에도 시름에 젖는다는 글 쓰는 이들을 나는 모른 체하려 했다. 나는 종자가 다른 인간이라, 말귀를 못 알아듣겠노라고, 쉬운 얘기 어렵게 좀 하지 말라고, 어깃장을 놓기만 했다.

말이 가닿을 수 있는 게 무엇이라고, 글이 달랠 수 있는 것이 무엇이라고, 그게 누구의 배고픔을 채워주며 누구의 눈물을 닦아주는가 하고 말이다. 제 마음 하나도 그려내지 못하는 말을 갖고 드잡이를 하는 운명은 그렇게 신탁을 받은 사람의 몫일 뿐, 나는 애당초 말이나 글에는 아무 희망도 걸지 않겠다고 했었다. 평생 가닿을 수 없는 것을 향해 걸어가는 운명의 무시무시함이라니…….

그러나 나는 집을 지고 느릿느릿 움직이는 달팽이처럼 그이들이 쓴 낡은 책들을 또 챙겨 넣고 있다. 이번의 이 짧은 이사에서도 또 몇 권은 제 갈 길을 가버리겠지만.

말들을 가슴에 새겨 넣듯 붉은 볼펜으로 밑줄을 긋던 아이도 없고, 술에 취해 울음 대신 무언가를 꾹꾹 써 내려가던 기갈 든 청춘도 없다. 남아서 변색되어가는 오래된 책들은 그저 내게 '꽃시절이 모두 지나고 나면 봄빛이 사라졌음을 알게 된다. 천만 조각 흩날리고 낙화도 바닥나면 우리가 살았던 곳이 과연 어디였는지 깨닫게 된다'•고 알려줄 뿐이다.

• 김연수, 『청춘의 문장들』(마음산책, 2004), 132쪽

백석을 읽는 밤

여인숙이라도 국숫집이다

메밀가루 포대가 그득하니 쌓인 윗간은 들믄들믄 더웁기도
하다

나는 낡은 국수분틀과 그즈런히 나가 누워서

구석에 데굴데굴하는 목침들을 베어보며

이 산골에 들어와서 이 목침들과 새까마니 때를 올리고 간 사
람들을 생각한다

그 사람들의 얼굴과 생업과 마음들을 생각해본다

— 백석, 「산숙」

白석이 견뎠던 북방의 살을 에는 추위는 지나간 듯하지만 아직 봄은 오지 않은 밤. 백석 시 전편을 묶은 책 『백석을 만나다』를 이리저리 앞뒤로 들춰가며 읽는다.

나는 가본 적도, 그리고 제대로 된 그 고향 사투리를 들어본 적도 없는 평안북도 정주 땅에서 태어난 사내. 동향의 기업가였던 〈조선일보〉 사장 방응모에게서 장학금을 받아 일본 유학을 한 뒤 〈조선일보〉 기자가 된 가난한 수재. 거의 한 세기 전 일이지만 내 옛 직장이 있었던 광화문과 종로통을 한때는 그도 일터로 삼아 걸어 다녔다는 것. 내 아버지가 태어나기 전해인 1935년에 짝사랑하던 통영 여자의 자취를 쫓아 통영에 갔지만 끝내 그녀는 만나지 못하고 돌아왔다는 것. 더블브레스트를 입고 서울 도심을 걷던 모던보이 생활은 잠깐. 함흥으로, 만주로, 그리고 마침내 신의주까지……. 떠돌아다닌 그를 따라 나도 낯선 북녘땅의 지명을 걸어본다.

일가붙이가 모여 명절을 지내던 여우난골의 풍경을 손에 잡힐 듯 그려내고, 메밀국수와 기장쌀로 쑨 호박죽 맛을 떠올리는 것만으로도 웃음 짓지만 고향에는 가지 못한 채 고향을 품고 살았던 사내.

'어느 사이에 나는 아내도 없고, 또, / 아내와 같이 살던 집도 없어지고, / 그리고 실뜰한 부모며 동생들과도 멀리 멀

어져서, / 그 어느 바람 세인 쓸쓸한 거리 끝에 헤매이었다'•
라고 말하는 그에게, 귀향은 어느 곳으로 향한 것이었을까.

✐

홀로 사시는 엄마가 손에서 미끄러진 프라이팬에 발가
락을 다쳐 깁스를 하셨다. 일요일 오후, 나 혼자 깁스를 한 엄
마에게 가서 엄마가 다 준비해놓은 대굿국에 문어무침을 먹
으며 암으로 병원에 누워서도 남편의 밥걱정을 한다는 엄마
의 마음 여린 친구에 대한 한탄과, 당뇨를 앓으면서도 엄마
에게 줄 반찬을 만들어 배낭에 짊어지고 온 동창생과, 엄마가
나를 가졌을 때 아귀찜을 하도 맛있게 먹어 잊지 못하는 마
산의 식당 이름과, 오늘내일 하신다는 옛 이웃 아저씨 소식을
들었다.

깁스를 하고 앉아서도, 집 안에 먼지가 내려앉는 꼴을 못
보는 엄마. 혼자 사시는데도 냉장고는 여전히 아빠, 엄마, 나,
동생, 네 식구가 금방 들이닥쳐 밥을 먹기라도 할 것처럼 가
득 채워져 있다. 냉장고 안에서 상해가는 나물들을 비우고,
음식물쓰레기와 재활용 쓰레기를 버리고 와서, 의자에 다리

• 백석, 「남신의주 유동 박시봉방」 중에서

를 올리고 앉아 우두커니 텔레비전을 보는 엄마에게 문간에
서서 인사를 했다. 가까이 가서 손이라도 만져드릴걸⋯⋯.

현관문을 닫으며 든 생각이었지만, 그러면 내 마음이 더
쓸쓸했을지, 덜 쓸쓸했을지 잘 모르겠다. 엄마는 나를 뱄을
때 아귀찜을 먹었던 식당 이름도 기억하는데, 내 나이 어느
덧⋯⋯.

남신의주 유동의 어느 목수네 방 한 칸에 누운 사내에 자
신을 대입하여 백석이 '나는 내 뜻이며 힘으로, 나를 이끌어
가는 것이 힘든 일인 것을 생각하고, 이것들보다 더 크고, 높
은 것이 있어서, 나를 마음대로 굴려 가는 것을 생각'하던 때
는 그의 나이 서른여섯.

창창한 그 나이에 그는 이미 '슬픔이며, 한탄이며, 가라
앉을 것은 차츰 앙금이 되어 가라앉고, 외로운 생각만이 드는
때'가 온다는 것을, 내 뜻과 힘보다 더 크고 높아 나를 마음대
로 굴려 가는 그것이 언제나 나를 '넘치는 사랑과 슬픔 속에
살도록' 만드셨다는 것을 알았던가보다. 사랑과 슬픔은 언제
나 함께 부어져 삶의 잔을 가득 채운다. 그 모든 것이 앙금이
되어 가라앉은 뒤, 누구도 피헤갈 수 없는 외로움의 시간으로
향할 때 '어느 먼 산 뒷옆에 바위 섶에 따로 외로이 서서, / 어

두워 오는데 하이야니 눈을 맞을, 그 마른 잎새에는, / 쌀랑쌀랑 소리도 나며 눈을 맞을, / 그 드물다는 굳고 정한 갈매나무라는 나무'●를 나도 생각하게 될까.

● 백석, 위의 시 중에서

열정

거울에 비친 내 모습을 보며 나이 들었구나 하는 것을 느끼게 되는 순간은 모든 선들이 흐릿해져간다는 것을 확인할 때다. 꼭 살이 쪄서만은 아니다. 얼굴의 윤곽을 이루는 선들이, 몸의 굴곡을 보여주는 선들이 모두 사람이 많이 밟고 다녀 봉분처럼 둥글어진 낮은 언덕의 봉우리 같다. 다 흐릿해져서, 내가 나라는 사실을 구분해주는 표적들이 사라지는 것. 그래서 누구의 얼굴과 섞여도 낯설지 않을 것처럼 고유성이 휘발돼가는 것. 나만이 아니라 또래의 얼굴에서도 그런 흔적들을 본다. 너그러워진다는 표시일까?

여기 1927년생 남자가 있다.
시모어 번스타인.

뉴욕 맨해튼의 방 한 칸짜리 아파트에서 50년 넘게 혼자 살아오고 있는 남자. 키가 작고, 배가 나오고, 백발의 머리는 반쯤 남은 그가 뉴욕 거리를 걸어가다가 산책 중인 강아지를 쓰다듬을 때, 그는 그저 맨해튼에 사는 수많은 노인 중 한 사람일 뿐이다.

그런 그가 빛나는 순간이 있다. 60여 년 그와 동반해온 피아노로 스카를라티의 소나타를 치면서 옥타브를 어떻게 제대로 짚을 수 있을까 혼잣말을 하며 연습할 때, 마스터클래스에 온 자신의 학생들이 연주자로서 제대로 호흡을 하는지 배를 눌러보며 조언할 때, 스타인웨이사의 지하실에서 콘서트에서 연주할 피아노를 고르기 위해 귀를 기울이며 피아노를 하나씩 쳐볼 때, 연주는 창작으로 뒷받침되지 않으면 녹슨다며 연필로 꾹꾹 눌러 음표를 그려가면서 작곡할 때, 그는 피아니스트 시모어 번스타인이다.

다큐멘터리 〈피아니스트 세이모어의 뉴욕 소네트$^{Sey-mour: An Introduction}$ ● 〉의 여운이 멀리 퍼져나가는 종소리처럼 가시질 않는다. 창밖으로 뉴욕의 밤 풍경이 펼쳐지는데 등이 굽은 시모어가 슈만의 〈환상곡〉을 연주하는 마지막 장면에서 울

● 그의 이름은 외래어 표기법상으로는 '시모어'라고 표기하는 것이 맞지만, 영화 개봉시 작품명에는 '세이모어'로 표기되었다.

컥 눈물이 치솟았다. 슬픔이 아닌 눈물. 그리움이었던가. 간절함에 대한…… 열정에 대한…….

이십대의 내게 열정이란 금지된 것들에 대한 도전이었고, 두려움이었고, 숨 가쁨이었고, 함성이었다. 대학을 졸업하고 취직을 했을 때, 나는 더 이상 내 인생에 열정은 허락되지 않을 거라고 생각했었다. 열정을 가져도 될 만큼 나는 '순수한' 선택을 하지 않았기 때문에…….

그러나 그 이후에도 열정은 내가 그것을 알아보기 전에 나를 덮치곤 했다. 사랑이라는 이름으로, 밥벌이라는 이름으로, 정의라는 이름으로, 그날이 그날 같던 일상 속에서도 나는 열정 때문에 소리를 지르며 싸우기도 했고, 두근거리기도 했고, 울기도 했다. 사십대의 중반, 20년 가까이 해오던 일을 나 스스로 그만뒀고, '산들이 떠나며 언덕들이 무너질지라도' 굳건하리라고 믿었던 가치들이 길바닥에 함부로 버려진 쓰레기처럼 짓밟히는 시간을 견뎌야 했다. 나는 지쳤다. 다 타버리고 재만 남아서 더는 걸을 수도 없을 것 같았다. 살아 있지만 마치 빈껍데기만 남은 것처럼, 그렇게 텅 빈 시간을 견뎠다. 남은 열정도 없었지만, 어떠한 열정을 다시 가지고 싶지도 않았다. 더는 열정 때문에 다치고 싶지 않았다. 김애란의 소설 속 독백처럼, "내가 뭘 더 어떻게……."•

지쳐서 열정이 없는 것이 아니라, 열정이 없어서 지친다는 것을 나는 안다. 늙은 피아니스트의 연주를 보며 눈물이 치솟았던 건, 내가 대면하고 싶지 않아 묻어두었던 그 진실이 헤집어졌기 때문이다.

시모어는 무대에 서는 피아니스트로서 절정에 있던 50세에 스스로 은퇴했다. 그 뒤 그는 대중 앞에 나서는 공연을 하지 않고 피아노 교육자로 살아가고 있다. "불협화음이 없으면 화음의 아름다움을 알 수 없다"라고 그는 말한다. "네 시간의 연습으로 아름다움을 표현할 수 없다면 여덟 시간을 연습해야 한다"라고 그는 말한다. 늙은 열정은 들끓어 오르지 않고, 가만하다. 시모어의 느릿느릿한 걸음처럼, 누구의 눈길도 끌지 않는 그의 외모처럼, 빛이 흐려진 그의 눈처럼, 늙은 열정은 누구라도 알아볼 수 있듯이 타오르지 않는다. 그러나 조용히, 참을성 있게, 공손하고도 단호하게, 간절하다.

시대정신과 열정을 분별할 만큼은 내가 늙지 않았을까. 내 열정의 크기와 남의 열정의 크기를 비교할 수 없다는 것을 알 만큼은 내가 철이 들지 않았을까. 이젠 조금씩 걸어가도 될 만큼 기운을 차린 것이 아닐까. 다시 다치더라도 무너지지 않을 만큼은 단련된 것이 아닐까. 이젠 정말 무엇에도 휘둘리지 않고 오롯이 그리고 천천히 내 열정을 살아갈 수 있지 않을까.

- 김애란, 『비행운』(문학과지성사, 2012), 316쪽

사람은 오직 자신이 마음을 다해 해본 일을 통해서만 삶을 이해할 수 있는 것이니까.

대학 시절 불렀던 노래 〈부서지지 않으리〉를 자주 낮게 웅얼거린다.

사라진다는 것,
부서진다는 것,
구멍이 뚫리거나 쭈그러든다는 것.
그것은 단지 우리에게서 다른 모양으로 보일 뿐.
그것은 깊은 바닷속, 물고기처럼, 지느러미 하나라도,
잃지 않고,
이 세상 구석구석 살아가며,
끝없이,
파아란 불꽃을 퉁긴다.●

● 노래는 김준태의 시 「이 세상에서 사라지는 것은 하나도 없다」의 일부를 가사로 인용해 만들어진 것이다.

시간은 허투루 쓰이지 않았다

K,

일주일 전 너와 함께 여름의 마지막 밤바람을 맞으며 아이스크림을 먹었던 게 믿기지 않아. 몇 달 전 일인 것만 같구나. 5년 만에 너와 네 남편과 만나, 편안했다. 타향에서 고향을 느끼는 그런 편안함이었어. 어쩌면 이 여행의 전부가 내겐 그런 의미였던 것 같다.

사실 여행을 떠나기 전까지 나는 많이 두려웠어.

한때 내가 몹시 힘겨운 일들을 겪었던 곳으로 다시 돌아가, 그 시간의 의미를 마주하는 걸 내가 감당할 수 있을까, 나는 그때보다 더 쇠약해지거나 나빠진 것 같은데……. 피하고 싶은 심정이기까지 했다.

그러나 당도하는 첫 순간부터 나는 숨이 편안해지는 걸

느꼈어. 5년이란 시간이 지나고도 모든 것들이 너무도 익숙하다는 것이 다정했다. 여전히 내게는 이방의 땅이지만, 그리고 영원히 이방의 땅으로 남겠지만, 내가 살았던 또 다른 고향이기도 하다는 걸 그제야 체감한 거야.

그 또 다른 고향에서 나는 또 다른 나를 만났어. 사실은 항상 있었던 나. 내가 태어나고 자라고 그 나라 말을 쓰는 곳에서는 늘 억압되는 또 다른 나. 하나를 어느 하나에 강제로 짓이겨 넣을 수도, 너는 없어져야 하는 존재다라고 지워버릴 수도 없는, 두 개의 나. 내가 그곳에 머무를 때는 몰랐지만, 두 개의 고향이 또렷해지면서 두 개의 나도 보다 분명하게 인식할 수 있었던 거지.

두 개의 나를 다 갖고 살아가는 일은 뚜렷한 인식이 없이도 결코 쉽지 않았어. 언제나 내가 위선자가 아닌가, 비겁한 것은 아닌가, 착취자는 아닌가, 스스로를 의심하고 채찍질하고 변명하고 부끄러워하며 살아야 했으니까. 두 개의 고향이 있을 수 있다면 두 개의 나도 어쩔 수 없이 갖고 살아가야 하는 것 아닌가, 마치 못난 자식을 차별하며 키우는 것처럼 어느 하나의 나를 홀대하며, 그 존재가 커다란 수치인 것처럼 꾹꾹 눌러 감추려고 하는 것은 내가 나에게 해서 안 되는 일이 아닌가, 그런 생각을 했다.

그냥 더 받이 들어보지고   . 길못된들 무엇이 얼마나 잘못되겠느냐고, 내가 짓눌러서 거의 그 존재와 목소리를 못

듣게 된, 타향에 가서야 그 존재가 풀려난, 나의 또 다른 면에 귀 기울여보자고 생각했다. 겁먹지 말고.

　　대학 1학년 때 과 친구가 내게 이런 질문을 한 적이 있었어. "너는 네가 이 나라에 안 태어났어도 데모를 했을 거라고 생각해?" 같이 가두시위를 나가자고 친구에게 권했더니, 그 친구가 짜증을 내며 내게 묻더구나.

　　나는 대답하지 못했어. 길거리 좌판에 마르크스 책을 늘어놓고 팔아도 아무 죄가 안 되는 나라에서 내가 태어났다면 나는 데모를 했을까. 나는 내가 살고 있는 땅의 중력에 끌어당겨져, 내가 누구인가를 증명하며 살려고 하는 것은 아닌가.

　　너는 상황 논리를 살고 있는 것이니, 아니면 너의 진심을 살고 있는 것이니를 묻는 것 같았던 그 말은 언제나 내 마음속에 남아 있었지만, 나는 내가 속한 중력에 충실하고자 했었어. 세상의 아흔아홉 사람이 슬퍼하는데, 나만 행복하거나 기쁠 수는 없다고, 나는 너무나 그렇게 선택받은 사람으로 살아왔다고…… 죄책감 없이 행복이나 충만 같은 단어를 떠올릴 수가 없었다.

　　그 이후의 내 삶이 선택받은 것이 아니었다고 생각하지는 않아. 어쩌면 성취를 향해 한 번도 멈춰본 적이 없었는지도 몰라. 하지만 그런 과정에서도 여전히 행복해서는 안 된다는 어떤 죄의식은 늘 나를 지배하고 있었어. 내가 나이면 안 된다는 자기부정과 함께.

네가 '규범^{discipline}'에 대해 얘기했던 것 기억하니? 난 그 discipline이라는 것이 내가 모국의 중력에 스스로를 묶으려고 하는 나의 규범이라고 생각해. 혼자만 잘 사는 것으로서 행복할 수 없다는……. 어디선가 타인의 울음소리가 들려올 때, 귀를 막고 지나가는 것은 바로 나 자신의 영혼을 허무는 것이라는 규범 말이야.

대단한 일을 하지 못한다 하더라도, 타인의 고통에서 눈을 돌리려 하지 말아야 하고, 울음을 멈출 수 있는 방법이 있겠는지를 찾아봐야 하고, 무엇이라도 해야 한다는 것. 앞으로도 그 규범을 저버리고 살아갈 수는 없을 거야. 그건 분명 내 일부이니까.

다만 뭘 해도 "이건 알량한 시늉일 뿐"이라고 나를 경멸하는 걸, 애써 그만해야 할 것 같아. 마음이 야들야들한 새순 같던 시절에, 나는 너무나 많은 어리고 성급한 충고들을 내 것으로 만들어 키워왔어. 너를 부정하고 거듭나야 한다던 말들. 너는 그래서는 안 된다는 말들. 언제나 비판을 받아들이고 스스로를 채찍질할 준비가 되어 있었던 거지.

그 비판이 아니더라도, 나는 스스로 미약하나마 누군가의 손을 잡아주는 일을 피하는 사람은 아니었을 텐데……. 두세엇 같은 자기 경멸과 부정을 너무 많이 내 안에 키웠던 거지. 마치 그것이 내가 악의 나락으로 떨어지는 걸 건져줄

동아줄인 것처럼……

다른 내가 무엇을 원하는지 나는 잘 모르겠어. 다만 자유롭고자 한다는 것, 다른 이의 고통에 눈물지을 수 있다면, 내 고통도 업신여기지 말고 쓰다듬을 수 있어야 한다는 것, 다른 이의 기쁨이 소중하다면 내 기쁨도 소중하다는 것, 내가 무얼 하든 누군가를 해치는 일이 아니라면 수치스러워하거나 두려워하지 말자는 것.

나를 질타하는 목소리들, 심지어 그것이 나의 목소리일 때조차도 의심 없이 모두 받아들이지 말고 저항해보자는 것. 그 목소리들이 아니더라도 나는 아주 나쁜 사람이 되지는 않을 거라는 믿음을 가져보자는 것. 설령 모든 사람에게 다 부정당한다 하더라도, 나는 나를 저버리지 말자는 것.

그런 것들을 생각했어.

타향에서 낯선 바람을 맞으며…….

여행에서 돌아오던 길에 읽던 책에서 이런 대목을 마주쳤어.

여러 해 동안 나는 스키에 헌신했다. 시간을 들였고 뼈가 많이 부러졌다. 뼈는 아물었고 —이제 어느 쪽 어깨나 다리였는지조차 말할 수 없다— 시간은 허투루 쓰이지 않았다. 말해줄 것도 회상할 것도 없는 시간이 진정 낭비된 시간일 뿐, 많은 것을 기억하고 있으니 시간은 허투루 쓰인 게 아니다.•

내 삶에서 버려졌다고 생각했던 시간들, 내가 다시 마주하기 무서웠던 시간들, 그것이 허투루 쓰이지는 않았던 것 같아.

타향에서 고향을 느낄 수 있었던 건, 네가 그곳에 있었기 때문이기도 해. 그곳에 다시 가도 네가 있을 거란 사실에, 내 마음이 편안해진다.

잘 지내.

● 제임스 설터, 『그때 그곳에서』, 이용재 옮김(마음산책, 2017), 152쪽

심장에 남는 것

토요일 아침인데 일찍 깼다. 아이들이 학교에 안 가니 아침이 고즈넉하다. 해 뜨기 전에 깨어 사위가 서서히 밝아오는 것을 보다. 비가 내려 어둑어둑하다.

좋다.

여전히 잠들어 있는 동네. 비가 와서 새들도 울지 않는 고요한 아침, 지붕으로 빗방울 떨어지는 소리. 내게 이런 시간이 있을 수 있다니…….마치 멈춰 선 것 같은 이 순간이 좋다.

요즘 학교에 가면 아련한 그리움 같은 느낌이 설핏설핏 스치고 지나간다. 문화적인 향취라고는 도무지 없는 커다란 캠퍼스를 처음부터 맹렬하게 혐오하고, 정붙일 생각 같은 건 해본 적 없는데…….아이들로 북적거리는 학생회관 식당과 복도, 도서관으로 걸어가는 길, 그럴 때 어떤 예지 같은 것이 마음을 스친다.

이 무미건조한 풍경이 언젠가 마음속에 떠오를 순간이 있겠구나. 그때 그 자리를 기억하는 것이 아니라, 그때 그 자리에 있었던 나를, 내 마음을 혼자 떠올려보겠구나. 오직 나만의 기억으로.

논문 준비는 제대로 된 것이 없는 듯하니, 디펜스가 현실적으로 가능할 일일지 아닐지도 모르는데, 그런 느낌이 들 때면 본능처럼 감지된다. 이제 이곳을 떠날 때가 되었나보다. 이곳으로 나를 끌고 왔던 알 수 없는 힘이 무엇이었는지 어렴풋이 보이니, 이 여행의 종착점 가까이 왔다는 신호가 아닐까.

내가 선택해서 여기까지 오고도, 도무지 알 수 없었다. 왜 내가 여기 있는지……. 그것보다는 이것이 나았겠지, 그렇게 할 수밖에 없었던 거야, 떠나지 말았어야 했어, 무수히 엇갈리는 생각들 속에서 이곳에 온 것 자체를 내게 해명할 수 없어 힘들었다.

내가 한국에 있었어야 했다는 상황이 생길 때마다 자책은 말할 수 없었다. 하루 종일 지나도 말 한마디 건네고 싶은 사람이 없는 그런 날들을 지나며 이 끝은 어디일까, 내게는 아무런 목적의식도 소망도 없는데, 학위를 받는다고 그게 내게 무슨 의미가 되지도 않을 텐데…….

이렇게 왜야 힐지 모드니 번시집프를 해보사그 선택했던 것보다 더 무섭게 예감된 건, 이걸 다 지나고 더 큰 공허를 맞닥뜨리는 것이었다. 복잡다단한 일상의 책임이나 이런 저런 인연의 관계들, 그런 삶의 무게가 내 것이라고 결코 더 무겁지도 더 가볍지도 않을 텐데, 이보다 더 힘들까 싶은 순간을 숨 가쁘게 넘어서고 나서도, 언제나 끝이 보이지 않는 동굴처럼 '이게 뭔가'라는 막다른 느낌이 찾아오곤 했다. 삶은 내게 그랬다.

그런 느낌을 말로 끌어내보면, 돌아오는 반응은 "욕심이 많아서 그렇다"는 거였다. 욕심을 다 채우고 나니, 또 욕심이 생겨서, 이미 많은 것을 가졌는데, 뭘 그리 만족을 못 하느냐고 마음에 매질을 당했다. 그런 비난들을 내면화해왔다. 나는 스스로를 공허하게 만드는 사람이며, 나 자신만 모를 뿐 끝없는 욕망에 허덕이는 인간일지도 모른다고⋯⋯. 조심하자, 또 조심하자, 내 끝 모를 추악한 욕심이 나를 삼키지 않도록, 그 추한 모습이 나와 함께 살아가는 사람들 앞에서 드러나지 않도록, 누군가를 다치게 하지 않도록 조심하자. 내가 누구인지도 잘 모르면서, 내가 나인 것이 무서웠다.

때로 생명의 힘은, 그것이 무엇인지 알아차리지 못하고 설명할 수도 없을 때, 삶을 생명 쪽으로 끌어간다.

나밖에 내 말을 들어줄 수 있는 사람이 없는 시공간에 나를 스스로 던졌거나 혹은 내가 던져진 건, 공허의 힘이 아니라 생명이라는 것을 어렴풋이 알겠다. 빛과 어둠, 생과 공허, 사랑과 미움, 신뢰와 포기⋯⋯. 어느 것이 어느 것인지조차 알 수 없이 뒤섞여 있는 것이 삶이고, 결국 그 아슬아슬한 경계에서 어느 쪽으로 가게 되느냐는, 내 안에 있는 나도 모르는 그 무엇, 생명의 힘이 결정한다는 것.

빛이 이길지 어둠이 이길지, 생이 이길지 공허가 이길지, 알 수 없었다. 아니, 내가 맞닥뜨린 게 무언지 그 자체를 알 수 없었다. 내 스스로 맞닥뜨린 것인지, 끝 모르는 욕심이라는 내게 입력된 운명 때문에 필연코 맞닥뜨릴 수밖에 없게 된 건지, 잘못이라면 잘못의 주체가 나인 건지, 마음을 다하고 최선을 다해도 잘못할 수밖에 없다면 내가 할 수 있는 게 무엇인지 알 수 없었다.

내 안에는 내가 만든 것이 아닌 생명의 힘이 있다. 그 힘이 나를 이끌었다. 저 공허에서 헤어 나오지 못하든, 아니면 미약한 빛을 따라가든, 그 어떤 결과가 나오더라도 예감하거나 도피하지 말고 부딪쳐보라고, 아무도 대신해줄 수 없으니 맞닥뜨려보라고, 이 생이 끝나기 전에 그 공허의 얼굴을 똑똑히 보자고. 죽든, 살든……

내 것이라고 할 수는 없지만, 내 안에 있는 생명의 힘. 내게 공허와 어둠만 운명처럼 입력된 것이 아니라, 미약하나 꺼지지 않는 생명의 힘이 있다는 것. 욕망도 채워지지 않는 허기도 아니고, 그저 생명 그 자체로 내가 어떻게 빚어갈지에 따라 여전히 무정형인 채로 내 안에 있다는 것. 그러니 내가 나를 의심하고 무서워하더라도, 그런 자기부정만큼이나 궁정의 가능성도 열어두어야 한다는 것. 왜냐하면 그 생명의 힘은 내가 선택한 것도 아니고, 버릴 수도 없는, 세상의 풀잎이나 벌레나 나무에나 깃들어 있는 것과 같은 것이기에. 모든 생명에 주어진 것이기에.

이 여행은, 그걸 서서히 알아온 과정이었던 것 같다.

한때의 상념으로 사라지지 않고 내 심장에 새겨질까. 그 어떤 상황에서도 나를 이끄는 나침반이 될까. 그럴 수 있기를⋯⋯.

휴일 아침.

익숙하고 다정해진 적막 안에서 떠오른 생각들.

4

당신의 이야기는 무엇인가요

당신이 잘 있으면,
나도 잘 있습니다

출근길의 지하철은 고요하다. 다시 시작되는 하루의 팽팽한 긴장이 감돈다. 전동차의 문이 열리고 닫힐 때마다 더는 들어설 틈이 없을 것 같은 객차 안으로 사람이 밀려들어 온다. 내 몫의 공간을 확보했지만, 손을 들어 올려 휴대폰 화면을 들여다볼 만큼도 운신하기 어려울 때는 속절없이 주변의 사람들을 관찰하게 된다.

몇 사람 건너 앳된 얼굴의 아가씨는 뷰러로 속눈썹을 들어 올리느라 열심이다. 머리의 물기도 마르지 않은 걸 보니 출근길이 바빴던 모양이다. 평균대 위에 선 체조선수처럼 완벽하게 균형을 유지하며, 선 채로 부족한 잠을 보충하는 사람들도 여럿이다.

"군중 속에서 유령처럼 나타나는 이 얼굴들/ 검고 축축

한 나뭇가지 위의 꽃잎들"(시 「지하철 정거장에서」)이라고 에즈라 파운드가 파리의 지하철에서 마주쳤던 얼굴들을 선명한 색채로 기억했던 것처럼, 덩어리로 뭉쳐져 보이던 사람들의 얼굴이 하나하나 개별적인 사연으로 눈에 들어온다.

"문이 열리네요 / 그대가 들어오죠 / 내리면 타야지 / ××놈아."

"이어폰 / 쳐 / 끼소서."

"줄 선 사람 밀어젖히면 / 허리 꺾어서 / 짐칸에 올려 드려요."

최근 트위터에 해시태그 '스크린도어시'를 달고 올라온 글들이다. 2008년부터 스크린도어에 시를 게시해온 서울시가 2017년에도 '지하철 시'에 새로 올릴 작품의 시민 공모를 시작하자 시민들이 "시라니? 이런 지하철에서……"라고 한숨 섞인 비명을 지르는 듯한 트윗들을 자발적으로 올린 것이다.

이어폰을 끼지 않은 채 드라마나 스포츠 중계를 보는 안하무인, 다리를 벌리고 앉아 한 자리 반은 차지하는 후안무치, 미처 내리기도 전에 밀고 들어오는 막무가내, 나도 모르는 새 불법 촬영되고 있는지 모른다는 두려움……. 트윗에 담긴 랩 가사 같은 신랄한 문장들이 지하철 이용자들의 짜증과 불안을 날것으로 드러낸다.

문득 '여름 징역보다 겨울 징역이 낫다'던 신영복 선생의 이야기를 떠올린다. 서로의 체온으로 추위를 이겨나가는 겨울 징역과는 달리, 모로 누워 칼잠을 자야 하는 여름 징역에서 옆 사람은 그저 37도의 열 덩어리일 뿐이고, 그래서 증오의 대상이 된다던…….

"자기의 가장 가까이에 있는 사람을 미워한다는 사실, 자기의 가장 가까이에 있는 사람으로부터 미움받는다는 사실은 매우 불행한 일입니다. 더욱이 그 미움의 원인이 자신의 고의적인 소행에서 연유된 것이 아니고 자신의 존재 그 자체 때문이라는 사실은 그 불행을 매우 절망적인 것으로 만듭니다."•

몇 개의 역을 지나 옆 사람과의 거리가 생겨서 휴대폰으로 뉴스를 읽는다. "중복 맞아 공사 현장의 노동자들이 먹을 점심으로 700인분의 삼계탕을 끓이던 조리원 열세 명이 무더기로 병원 신세를 졌다." "우정노조에 따르면, 지난 5년 동안 장시간 노동과 스트레스로 인해 집배원 70여 명이 사망했고 이 중 열다섯 명은 자살했다." 700명분의 삼계탕을 끓이는 이글거리는 불꽃과 체감온도 37도가 넘는 폭염경보 속에 우편물을 들고 계단을 뛰어오르다 보면 1분에 60~100이어야 정상인 심박수가 110까지 치솟는다는 우편집배원의 거친 심박동이 전해져와 냉방된 차 안에서 숨이 막힌다. 묵묵히 일터로

• 신영복, 『감옥으로부터의 사색』 (돌베개, 1998), 329쪽

향하는 이 지하철 안의 사람들은 어떤 하루를 지내게 될까.

환승한 열차에서 운 좋게 자리에 앉아 한동일 바티칸 대법원 변호사의 책『라틴어 수업』을 펼쳐 읽다가 한 문장에 눈길이 머문다.

"당신이 잘 있으면, 나도 잘 있습니다."(Si vales bene, va-leo)*

라틴어로 쓰인 이 글귀는 로마인들이 편지를 쓸 때 첫 인사로 사용하던 말이라고 한다. '그대가 평안해야 비로소 나도 평안하다'는 로마인들의 인사법에 마치 그런 인사를 건네받은 것처럼 마음이 먹먹해진다. 오늘 스쳐 지나간 당신이 잘 지내는 것은 나의 안녕의 조건이다. 37도의 열덩어리가 아닌 사람들의 평안을 기원한다.

* 한동일,『라틴어 수업』(흐름출판, 2017), 140쪽

아버지의 고독

아버지는 2005년 혈액암으로 돌아가셨다. 늘 다니던 동네 병원에서 감기 치료를 했는데, 도통 낫지 않았다. 진단명이 나온 것은 대학병원 응급실로 옮긴 뒤였다. 30년 넘게 한국인 사망원인 1위가 암이지만, 내 아버지가 그 통계 수치에 포함되리라고는 생각해본 적이 없었다. 아버지의 병상을 지키며 나는 끊임없이 '왜?'를 질문했다. 억울했다.

병은 아버지에게서 제일 먼저 이름과 살아온 내력을 지웠다. 환자복을 입은 아버지는 '몇 호실 할아버지'였다. 병중에 겪는 모든 일들이 상상해보지 못한 것이었지만, 그중에서도 아버지가 힘들어한 것은 무균실의 나날이었다. 항암 치료 과정에서 면역력이 떨어져 비닐 장막이 쳐진 무균실에서 지내는 일은 병으로 지친 몸에 고립이 더해지는 것이었다. 그 어느 때보다 사람들의 따스한 격려가 필요한 때였지만, 아버지는 문병 온 친구와 악수조차 나눌 수 없었다.

고삐가 잡히는 줄 알았던 코로나19가 지역사회 감염 국면으로 접어들어 위기 대응 단계 '심각'으로 강화되기까지 숨 가쁘게 전개된 지난 며칠간, 초조한 마음으로 뉴스를 보면서 자주 아버지의 투병 기간을 떠올렸다.

익명 보장 때문이라지만 어떤 사람이었는지 모든 고유성이 지워진 채 번호로 불리게 된 확진자들. 그 한 사람 한 사람의 사적 삶의 기록이 '시민 안전을 위한 정보'라는 이유로 낱낱이 공개돼 인터넷에 떠돌아다닌다. 평소 같았으면, 가족끼리의 단란한 저녁 식사, 오래 준비하고 꿈꿔온 해외여행이었을 소소한 일상이 위험을 자초한 몰지각한 일로 지탄받는다.

사람들의 화난 마음이 이해되지 않는 것은 아니다. 아버지가 예기치 못했던 병을 얻었을 때의 억울했던 마음, 왜 이런 일이 벌어졌는지 누구에게서든 설명을 듣고 싶었던 절박함을 알기 때문이다. 그러나 '왜'를 묻는 사람들을 위해 급하게 만들어진 인과관계는 누군가를 표적으로 만들고, 뭇매 맞게 한다. 두려운 것은 사태가 심각해질수록 점점 더 상식이 있다면 뜯어말려야 할 뭇매를, 방관하거나 당연하게 여기는 태도가 확산되어간다는 것이다. 누구도 감염될 위험을 배제할 수 없다면, 그 날 선 공격들은 어느 날 내게 쏟아질 수노 있는데…….

타인이 처할 위험은 아랑곳하지 않고 종교적 이유든 무엇이든 진단을 피해 숨거나 사실을 감추려 드는 이들을 역성들 생각은 없다. 그러나 원인을 추적하려는 과학적 역학조사를 지지하더라도, 바이러스를 옮긴 것처럼 보이는 사람들을 윤리적으로 평가하고 재단하는 일은 별개다.

이렇게 사회적 긴장이 고조된 상황에서 언론의 역할은 막대하다. 여론이 갈급히 정보를 내놓으라고 다그친다 해도, 사태 해결에 정말로 필요한 게 아니라면, 가리고 살피고 자제해 보도해야 한다. 미증유의 사태를 겪으며 의료진만큼이나 기진맥진했을 것이 현장 취재기자들과 취재 지시를 내리는 뉴스룸의 간부들이겠지만, 그렇다고 윤리적 판단을 그르친다면 상식선이 무너진다. 기사 제목의 단어 하나, 서술어의 표현 하나가 누군가에게는 지울 수 없는 상처가 될 수 있다. 언론의 프레임이 사람들의 선한 의지를 이끌어낼 수도 있고, 방향 잃은 분노나 공포를 증폭시킬 수도 있다.

환자들이 수용된 음압 병동은 아버지가 있었던 무균실과 같은 격리시설이다. 아버지가 무균실로부터 벗어나 사랑하는 사람들과 어울리기를 원했던 것처럼, 지금 음압 병동에 있는 확진자들도 순식간에 어긋나버린 일상으로 간절히 돌아가고 싶은 사람들이다. 완치란 더 이상 감염시킬 위험이 없다는 의학적 판정만으로 이루어지는 것이 아니라, 배제됐던 일상으로 이웃들의 환대를 받으며 돌아갈 때 완성되는 일일 것이다.

개인적 고립을 넘어 지역적 고립감으로 힘들 대구·경북의 이웃들을 생각한다. 누구보다도 따뜻한 지지가 필요할 그 분들에게 #힘내요대구·경북!

유랑의 시대와 환대

미국에서 박사과정 공부를 하던 시절 두려웠던 순간은 세미나의 발표를 맡았을 때나, 토론 과정에서 하고 싶은 말이 빨리 영어로 표현되지 않을 때나, 도무지 끝날 것 같지 않은 두툼한 읽기 과제 앞에서 망연해질 때가 아니었다. 일상의 영위를 위해 결코 벗어날 수 없는 통과의례. 슈퍼마켓에서 계산을 하는 일이었다. 슈퍼마켓에서 쓰는 단어들이 내가 읽어야 하는 논문의 영어들보다 어려울 리는 만무했지만, 논문을 읽을 수 있는 언어 능력으로도 몇 개 되지 않는 생필품을 사는데 계산원과 두 번, 세 번 서로의 의사를 확인하다보면 나라는 존재가 슈퍼마켓 바닥에 납작 눌어붙는 것 같았다. 그 순간 나는 모국에서 대학을 졸업하고 직장에 다니다가 이 나라 대학으로 와 박사과정에 있는 어떤 사람이 아니라, 그저 '영어를 못하는 외국인'에 불과했다. 언어 소통은 권력관계였다.

　뉴욕의 공항에서 렌터카를 찾으러 가던 어느 해, 셔틀버스에 혼자 탄 아시아 여성인 내게 어디에서 왔느냐고 물었던 운전기사는 한국인이라는 대답에 "한국 사람 세탁소가 최고야"라며 엄지를 추켜세웠다. 미국에서 한국인과 세탁소, 식료품점을 연결 짓는 것은 낯설지 않은 경험이다.

　내 부모 세대가 삼십대였던 1960년대, 한국에서 일자리를 잡지 못한 고학력자들은 먼저 정착한 한국인의 전화번호가 적힌 메모지 한 장만을 손에 쥔 채 뉴욕의 존 F. 케네디 공항에 내렸다. 영어 한마디 못하는 그들이 가진 거라곤 일가친척이 모아준 100달러. 논밭 팔고 소 팔아 한국에서 대학 교육을 받은 이들이 이국땅에서 할 수 있는 가장 쉬운 일이 세탁이었다. 그들의 전사前史나, 그들이 어떤 사람이었는지는 한국인 커뮤니티에서나 통하는 얘기일 뿐, 새로 받아들여진 사회에서 그들 대부분은 세탁 노동자였고 불법체류자였다.

　세상 이곳저곳을 돌아다니는 동안, 나는 내 부모 세대가 그랬던 것처럼 살아온 이전의 세월을 모두 지운 채 경계의 이쪽과 저쪽을 넘나들며 사는 사람들과 마주쳤다. 영국의 옥스퍼드에서는 파키스탄에서 중학교 교사였던 식료품점 주인을 만났고, 프랑스에서 택시를 탔을 때는 띄엄띄엄한 영어로 자신이 튀니지에서 엔지니어로 일했다고 자랑하는 운전사를 만났고, 한국의 경기도 화성에서는 네팔에서 대학을 다니다 한국의 공장으로 돈을 벌러 온 청년을 만났다.

제1, 2차 세계대전을 피해 필사적으로 탈출한 난민이었든, 돈을 벌기 위한 노동 이민이었든, 생존을 위해 자신이 태어난 땅을 떠나 유랑하는 것은 20세기 이후 지구에서 살아가는 사람들의 공통적인 존재 양식으로 자리 잡았다. 무작정 미국행 비행기에 올라탔던 할아버지 세대에 이어 한국에서 삶의 출구를 찾을 수 없는 오늘의 젊은이들은 노동인구 감소로 해외 노동력을 찾는 이웃 일본으로, 워킹홀리데이가 가능한 호주로 떠난다. 인터넷과 휴대폰, 휴대용 컴퓨터만 있으면 디지털 노마드로 살아가는 것이 이른바 디지털 네이티브 세대가 그리는 꿈이지만, 자신의 한 몸을 누일 땅은 그곳이 어디든 결국 현실의 어느 지붕 아래에서 찾아야 한다.

전쟁을 피해 예멘에서 왔건, 가난을 벗어나기 위해 네팔에서 왔건, 더 나은 삶을 향한 희망을 안고 한국 땅을 밟은 타자의 모습은 기약할 수 없는 미래에 대한 불안을 안고 다른 나라로 가는 비행기에 몸을 싣는 오늘의 한국인들과 겹쳐 있다. 살기 위해 유랑을 감행해야 하는 시대, 유랑자들이 닿는 세상에서 받게 되는 환대는 절박하게 삶을 붙잡고 있는 이들에게 삶을 놓치지 않을 수 있게 하는 끈이다. 예수께서 "신만 신고 두 벌 옷도 입지 말고 세상으로 나아가라"며 열두 제자를 빈털터리로 세상에 내보낸 것은 그들에게 밥과 잠자리를 줄 선한 이웃이 있음을 알기 때문이었다.

한국에 돌아와 식당에서 주문을 받는 타국 출신 종업원
이 서툰 한국어를 구사하며 쩔쩔매는 모습을 볼 때면, 나는
미국의 슈퍼마켓에서 진땀을 흘리던 나를 떠올린다. 오늘 내
가 타자에게 베푸는 환대는 미지의 어느 날 내가 혹은 내 후
대가 이 세상 어딘가를 유랑하는 타자가 되었을 때 받기 원
하는 대접에 다름 아니다.

지상에서 한 집배원이
소리 없이 사라져간다

블랙홀의 그림자를 보는 것은 가슴 먹먹한 일이었다. 지구로부터 5500만 광년 떨어진 처녀자리 은하단 M87에 있는 블랙홀의 그림자가 드러난 2019년 4월 10일 밤, 우주의 광대함에 압도되기보다는 내가 우주의 한 존재라는 사실에 가슴이 뜨거워졌다. 이론으로만 존재하던 블랙홀이 관측된 후, 나는 이 일이 가능하기까지 전 세계 과학자 200여 명이 어떻게 협력했는지를 촬영해 유럽남부천문대^{ESO}가 공개한 17분여 분량의 동영상을 반복해서 보았다. 몇 번을 보아도 뭉클해지는 장면은 관측에 동원된 여덟 개 사건지평선망원경^{Event Horizon Telescope}에서 일하는 과학자들의 모습이었다.

블랙홀 관측에 가장 적합한 조건은 사람이 견디기에는 가장 힘든 환경이었다. 도시의 빛이 관측을 방해하지 않도록 문명 세계로부터 먼 것은 기본 조건이다. 해발고도 5000미터인 칠레의 아타카마 사막에서는 과학자들이 산소마스크를 쓰고 일해야 했다. 겨울이면 몇 달씩 밤이 계속되는 남극은 관측에는 최적의 입지이지만, 햇빛 없는 나날을 살아야 하는 연구진은 심리적 압박과 싸워야 했다.

특히 남극의 데이터는 다른 일곱 개 망원경에서 관측된 데이터를 최종적으로 완성하는 조각이었다. 2017년 10월경 일곱 개 망원경에서 관측된 데이터의 1차 정리가 끝났지만, 연구진은 남극 데이터가 도착하기까지 기다려야 했다. 남극에서 측정이 끝난 것은 그해 4월이었고, 페타바이트(10의 15제곱 바이트)급의 데이터는 하드디스크에 저장됐다. 그러나 2월부터 10월은 남극의 비행기 운항이 통제되는 기간. 마침내 11월 초 남극을 떠난 데이터가 미국 보스턴 매사추세츠공대MIT의 헤이스택Haystack 천문대에 도착한 것은 12월 13일이었다.

남극 데이터가 도착한 이틀 후 연구책임자가 연구진에 보낸 메일에는 페덱스의 배달원이 대형 화물트럭에서 하드디스크가 담긴 나무 상자들을 내리는 모습을 찍은 사진이 담겨 있다. 페타바이트급 데이터를 옮길 수 있는 가장 빠른 방법은 비행기, 배, 기차 그리고 자동차를 이용하는 것이라는 설명과 함께. 5500만 광년 거편에 있는 블랙홀의 그림자를 인류가 볼 수 있었던 데는 안전하게 데이터를 옮긴 페덱스

배달원의 기여가 있었던 것이다.

5월 12일과 13일, 불과 이틀 동안 세 명의 우체국 집배원이 지상을 떠났다는 소식을 듣고 나는 블랙홀 연구의 숨은 조력자였던 페덱스의 배달원을 떠올렸다. 세상을 떠난 세 집배원 중 두 명은 돌연사였다. 전국집배노조는 2018년 한 해에만 스물다섯 명의 집배원이 안전사고, 과로사, 자살로 사망했다고 밝혀왔다.

출근길에 끝내 잠자리에서 일어나지 못했던 공주우체국 소속의 서른네 살 상시 계약직 집배원의 곁에는 출근 준비해 둔 옷과 집배원 가방, 정규직 응시 원서가 놓여 있었다. 응시 원서에는 '행복과 기쁨을 배달하는 집배원이 되는 것이 꿈'이라는 포부가 적혀 있었다.

고인의 형이 올린 청와대 청원에는 고인의 공식 근무시간은 오전 8시부터 오후 6시였지만 근무시간 안에는 도저히 하루 1200여 통의 우편물 배달을 마칠 수 없어 집에서까지 우편물 분류 작업을 했다는 고된 일상이 담겨 있다.

우편집배원들의 업무가 과중하다는 것은 어제오늘 알려진 사실이 아니다. 우정사업본부 노사와 전문가로 구성된 '집배원 노동조건 개선 기획 추진단'이 2018년 발표한 조사 결과에 따르면 집배원들의 연간 노동시간은 2745시간이었다. 고용노동부가 집계한 임금노동자 연평균 노동시간인 2052시간(2016년 기준)과 비교하면 하루 8시간 노동을 한다고 했을 때 87일을 더 일한 셈이다.

메신저로 지구 반대편의 사람과도 실시간 대화가 가능하고 이메일이 우편을 대체한 지 오래인 것 같은 세상이지만, 집배원들의 일은 인터넷 시대에 오히려 늘었다. 현관문 앞까지 배달되는 우체국 택배나 사람을 직접 만나 서명을 받고 전달해야 하는 등기 같은 우편물을 보내거나 받아본 사람이라면 그것이 얼마만큼의 수고인지를 안다.

5500만 광년 저편 우주의 일도, 배달원의 노동 없이는 드러날 수 없었다. 지상에서 한 집배원이 소리 없이 사라져가는 것은, 한 우주의 상실이다.

여자 나이 50,
여자를 만나다

"여자 나이 50부터 황금기야. 손자들 키워달라고 자식들이 매달리기 전까지가 누려볼 수 있는 마지막 자유 시간이라니까⋯⋯."

직장 다니는 딸 대신 손자들 돌보느라 여념이 없는 이웃의 선배 아주머니가 하신 말씀이다. 그런데 그 좋다는 '여자 나이 50'을 넘기는 2016~2017년, 나는 젊은 날 이후 잊고 지냈던 나의 '여성성'에 대해 새삼 고민하게 됐다.

나를 '50세 고민녀'로 만든 데 불을 댕긴 것은 박근혜 대통령이다. 대한민국 역사상 첫 여성 대통령이 탄생했다고 해서, 여성으로서 티끌 한 점 뭘 더 누려본 기억이 없는 내가 추운 겨울 박 대통령의 파면을 위해 광화문 광장에 촛불을 들고 앉아 있어야 하는 상황까지는 기꺼이 견딜 만한 것이었다.

그러나 집회에서 사회자가 박 대통령을 두고 "잡×"이라고 성별을 지칭한 상소리를 하는 순간, 나는 졸지에 오물 벼락이라도 맞은 것처럼 얼어붙었다.

'촛불 든 당신 말고 박 대통령'에 대고 하는 얘기라고 주장하겠지만, 나 역시 어디서든 "잡×"이라고 불릴 가능성이 있는 여성이다. 박 대통령은 규탄하지만, 그 규탄에 여성혐오가 동원되는 것은 참을 수 없는 이 양가적 감정과 불쾌감을 어떻게 설명해야 할 것인지 곤혹스러웠다.

그날 집회에 다녀온 이후 내 생애 최초로 한 여성주의자 그룹에 가입했다. 페이스북에서 마주친 '박근혜 하야를 만드는 여성주의자 행동'(박하여행)이라는 상큼한 이름의 단체였다. '박근혜 퇴진을 위해 행동하면서, 또한 현재의 흐름 속에 무작위로 일어나는 성차별 발언과 행동도 모니터링하고 시정한다'는 활동 취지가 내 혼란을 콕 집어 해명하는 것 같아서였다.

온라인으로 가입만 해두었다가 한 번도 함께 행동을 못 했던 것이 못내 마음에 걸려 참여한 것이, 미국 트럼프 대통령 취임 이튿날 이에 반대해 열린 1월 21일의 '세계여성공동행진 서울'이었다. 집회 장소는 2016년 5월 살인사건이 일어났던 강남역 10번 출구 앞. 좌우를 둘러보아도 2000여 명의 참가자 중 오십대인 내가 최고령일 듯싶었다. '너신 어니, 나는 누구?'라는 어색함을 애써 누르며 대열을 따라 걷고 있는

데, 앞쪽에서 날카로운 고함이 터져 나왔다.

대열 밖에서 행진자들의 사진을 찍는 젊은 남성을 본 진행요원이 몸싸움이라도 할 기세로 거칠게 항의하고 있는 것이었다. 항의 정도가 격렬해서 잠시 어안이 벙벙했는데, 이유는 행진이 끝난 뒤 같은 모임 회원인 한 젊은 여성에게서 들을 수 있었다. "그렇게 찍은 사진으로 인터넷에 얼굴이 돌면, 거기에 페미×이라고 온갖 욕설 댓글이 다 붙고, 나체랑 합성해서 막 조리돌림하거든요."

그러니까, 순한 목소리로 "여권이 인권이고 인권이 여권이다"라는 구호를 외치던 그 젊은 여성들은 사진 하나라도 인터넷에 오르는 날에는 어떤 온라인 테러를 당할지 모르는 위험을 감수하고 그 자리에 나온 것이었다. 30년 전 화염병과 최루탄이 날아다니던 그 투쟁의 공간만을 기억하고 있었던 나는 그간 모르고 살아왔던 또 다른 전장이 오늘 젊은 여성들의 일상 공간이라는 것을 그날 처음 절감하고 나의 무지에 부끄러웠다.

정치민주화라는 긴급한 과제 앞에서 여성운동은 배부른 타령이라고 뒷전으로 밀리던 30년 전의 세월로부터 뚝 떨어져 나와 오늘의 페미니스트들을 만나는 나는 선배 세대로서의 부채감을 지울 수 없다. 과연 그때로부터 무엇이 얼마나 달라졌는가. 여성이라는 이유로 공중화장실에서 무참히 살해당할 수 있고, 페미니스트라고 해서 온라인 테러를 당하고,

정치적 주장을 위해 성차별이 용인되고, 낳은 아이를 사회가 어떻게 함께 기를 것인지에 대한 대안은 마련하지 못한 채 아이 셋의 젊은 공무원 어머니를 죽음으로 내모는 이 환경의 문제가 중년 여성인 나와는 관계없는가.

직장의 선배 여성, 혹은 곧 시어머니나 친정엄마, 장모가 되어갈 중년 여성 세대가 젊은 페미니스트들이 당면한 문제를 함께 바라보지 못한다면, 우리는 성차별 체제의 일부가 되어 젊은이를 억압하는 노인들로 늙어가고 말 것이다. 여자 나이 50, 페미니즘에 대한 내 고민은 이제 시작인 것 같다.

달려라, 여자들

반해버렸다. 200미터와 400미터, 1600미터 계주까지 열다섯 살 양예빈 선수가 달리는 모습을 편집한 4분 27초 분량의 유튜브 동영상을 몇 번이나 반복해서 보았는지 모른다. 머리카락을 야무지게 땋아 묶고 긴 다리로 성큼성큼 내달리는 모습을 보면 내가 바람을 가르는 것 같다. 그러나 정작 내 인생에 그런 달리기의 기억은 없다. 양 선수가 2019년 5월 열린 전국소년체전에서 200미터 1위를 차지하며 세운 기록은 25초 20. 내 생애 최고 기록은 30여 년 전 대학 입학을 위해 치른 체력장에서 100미터를 20초에 달린 것이다. 나는 체육 시간이면 주눅 드는 아이였고, 피구든 발야구든 팀을 갈라 게임이라도 할 때면 속한 팀에 민폐가 되는 존재였다. 흔한 '운동 못하는 여자'였고 지금도 그렇다.

그런 내가 달리기하는 여자, 축구하는 여자 때문에 설렌다. 2019년 여자 월드컵에서 우승한 미국 여자 축구팀의 미드필더이자 공격수 메건 러피노. 월드컵 출전만 세 번째인 서른네 살의 그는 이 대회에서 여섯 골을 넣어 득점왕이 됐다. 프랑스와 8강전을 치르며 골대로부터 멀리 떨어진 지점에서 빠르고 낮게 공을 차 프랑스팀 수비수들과 골키퍼의 다리 사이를 관통하고 골망을 흔든 프리킥은 영리하고 날카로웠다.

양예빈과 러피노를 보던 즈음, 나는 남편에게 구타당하는 베트남 출신 아내의 동영상도 보았다. 양예빈, 러피노와 함께 달리며 숨차던 내 몸은, 베트남 출신 아내가 주먹질과 발길질을 당할 때도 똑같이 떨리고, 숨 막히고, 몸서리쳤다. 소리 질러요, 누가 좀 와줘요, 말이 되어 나오지 않는 아우성들이 내 안에서 들끓는데, 아무것도 하지 못한다는 사실에 치가 떨렸다. 그 분노 때문에 거칠 것 없이 내닫던 두 여자들의 모습을 보고 또 보았는지도 모르겠다.

아모레퍼시픽미술관에서 열린 현대미술가 바버라 크루거의 전시회에 가면 절반은 양화, 절반은 음화로 표현된 여성의 얼굴 위에 '당신의 몸은 전쟁터다Your body is a battleground'라는 말이 인쇄된 그의 기념비적인 포스터와 맞닥뜨릴 수 있다. 1989년 미국 워싱턴 DC에서 있었던 여성의 낙태 권리 회복 시위를 지지하기 위해 그루거가 만든 이 포스터의 본체는 30년이 지난 지금도 한국 땅에서 다채롭게 변주된다.

혼자 사는 여성들은 자신의 거처를 들고 나는 일조차 두렵다. 언제 누가 내 집 도어록의 비밀번호를 엿볼지, 내 뒤를 따라 들어와 덮칠지 불안하게 주위를 살펴야 한다. 대중 앞에 얼굴을 내놓고 사는 지상파 방송의 남성 앵커도 지하철역에서 여성의 몸을 불법 촬영하는 나라에서는 관음증으로부터의 안전지대가 없다. 여성용 공공 화장실 문에 달린 옷걸이의 작은 구멍마다 휴지가 꼭꼭 메워진 풍경은 이 관음증에 여성들이 느끼는 공포의 수위를 적나라하게 보여준다. '한국여성의전화'가 2017년 한 해 동안 언론에 보도된 살인사건 243건을 분석한 결과, 남편이나 애인 등 친밀한 관계에 있는 남성에 의해 살해된 여성이 85명이었다. 이런 상황임에도 불구하고 가정폭력은 여전히 피해자가 원치 않을 경우 처벌할 수 없는 반의사불벌죄의 영역에 있다.

여성의 몸을 가졌다는 사실 자체가 위험과 폭력 앞에 노출되는 이유가 되는 세상에 살다보면 여성은 그것이 마치 본성인 양 자신의 몸과 관련된 일들에 움츠러들게 된다. 맞받아쳐야 하는 순간에 얼어붙는다. 그러지 않아도 한국의 여자아이들은 자신의 몸을 던져가며 놀고 즐기는 능력이 '사내다움'으로 칭찬받고 장려되는 남자아이들과는 달리 운동을 못해도, 자신을 방어하는 힘을 기르지 않아도 누구 하나 뭐라하지 않는 환경에서 자란다.

여성에게 폭력적인 사회구조와 법, 제도를 바꾸는 것은

더 말할 필요 없이 지속해야 할 일이다. 개인이 신체적으로 약하든 강하든 폭력으로부터 보호되지 못하는 사회는 야만의 정글일 뿐이지 않은가. 그와 더불어 여성의 몸에 대한 서사도 다르게 쓰여야 한다. 어린이집에서부터 할머니가 될 때까지 튼튼한 몸, 역동하는 몸이 아름다운 여성의 몸으로 교육되고 격려되어야 한다. 달리는 양예빈과 러피노는 눈부시게 아름답다.

언젠가 우리가
다시 만날 때

J씨.

새 학기가 시작된 지 한 달이 되어갑니다. 잘 지내고 있는지요? 로스쿨의 1년 차는 고3 수험생에 비할 수 없을 만큼 치열한 경쟁의 나날이라고 들었습니다. 봄이 오는 기운이라도 느낄 수 있어야 할 텐데요.

2월의 마지막 주, 학부를 졸업하며 J씨가 제게 작별인사로 건네준 편지에 답을 하지 못했습니다. 딱히 답을 바라고 준 편지가 아닌 것을 알지만, 설령 답을 바라는 것이었다 하더라도 저는 답장을 못 했을 거예요.

강의실에서 학생들과 마주할 때면 저는 자주 막막해지곤 했습니다. J씨가 편지에 쓴 대로, "사심 없는 친절은 멸종위기에 처해버린 세상"에서 학생들이 맞닥뜨리고 있는 장벽들에 그 무엇 하나 제대로 답할 수 없는 것은 물론이고, 그런 장벽들이 만들어지기까지 기성세대인 나와 내 친구들이 어디서부터 어긋나버린 것인지 갈피를 잡을 수 없었기 때문입니다. 우리 세대가 바랐던 것은 '더 나은 세상'이 아니었던가? 그런데 현재의 한국 사회를 진보와 보수 어떤 시각으로 평가하든, '청년이 행복한 세상'이 아니라는 것만은 분명하다는 역설에 망연해졌던 겁니다.

저는 1960년대에 태어나 1980년대에 대학에 다닌 이른바 '86세대'입니다. 지금 J씨 또래가 강고한 기득권 세력이라고 여길 우리이지만, 30여 년 전에는 우리 자신이 지금의 모습이 되리라고 꿈에도 생각해본 적 없습니다. 일본인 사회학자 기시 마사히코가 얘기했듯이 우리 자신이라는 것은 태반이 '이럴 리 없었던'● 자신인 것입니다.

지금도 저의 친구들 대다수는 '기득권 세력'이라고 불리는 일에 강하게 반발합니다. 비슷한 나이대라고 해서 살아가는 모습이 제각각인 사람들을 싸잡아 '기득권'이라고 호명하는 일은 마치 요즘의 이십대 앞에 유행처럼, '분노한'이라는 형용사를 갖다 붙이는 일만큼이나 게으른 인식일 수 있다는

● 기시 마사히코, 『단편적인 것의 사회학』, 김경원 옮김(위즈덤하우스, 2016), 191쪽

것을 압니다. 그럼에도 우리 세대는 기득권의 속성을 이미 갖고 있습니다.

모든 기득권은 스스로 흔들리려 하지 않습니다. 그 고인 물 같은 편안함을 흔드는 것은 외부로부터의 충격입니다. J씨들의 질문에 맞닥뜨리는 일은 그래서 당혹스러우면서도, 소중한 일입니다.

다양한 사회문제들의 해결책을 정치적 민주화 하나로 환원해버리고 말았던 우리 세대의 감수성과 달리, J씨 또래는 세밀하게 분노합니다. 하나로 집결되지 않는 그 질문들은 서로 충돌을 일으키기도 합니다.

한쪽에서 물뽕GHB이라는 약물을 써서 여성들에게 성폭력을 저지른 세태를 규탄하면서 "정부는 방관했고, 경찰은 유착했으며, 남성들은 연대했다"고 외치면, 다른 쪽에서는 가해자들과 생물학적 성이 같다고 공범 취급당하는 것은 공정하지 않다고 맞섭니다. 그러나 저는 때로 강의실에서조차 팽팽했던 그 긴장들이 편가르기에 멈추는 게 아니라, 우리 사회에 속속들이 스며 있는 폭력에 대한 섬세한 인식에서 출발해 공정함과 책임 분담, 연대의 균형점을 찾는 것으로 서서히 옮겨 갈 것이라고 봅니다. J씨와 또래들의 질문이 다양하고 집요하고 예민할 때, 우리가 살아가는 사회는 그만큼 조금씩 달라져갈 겁니다.

J씨가 폐지 줍는 할머니와 동행해 쌀쌀한 초봄의 밤을 꼬

박 새운 뒤 과제를 제출했던 것을 기억합니다. 할머니가 힘겹게 수레를 끌며 오르막길을 오르면서 했던 말을 J씨는 인용했습니다. "뒤에서 손만 대고 있어줘도 오르막길이 훨씬 수월하다"라고……. 그런 J씨에게 어떤 법조인이 되고 싶냐고 물었을 때, 정의나 공익이라는 말을 섣불리 앞세우지 않은 것이 저는 미더웠습니다. 말하지 않아도, J씨가 앞으로 생의 수많은 교차로에서 오르막을 힘겹게 오르는 누군가를 말없이 밀어주는 손길이 되는 선택을 하리라고 믿기 때문입니다.

문화혁명의 격동기를 살아내며 배신과 자기부정, 우정, 사랑을 발견했던 중국의 작가 다이허우잉은 자전적인 소설 『사람아 아, 사람아!』에 이런 구절을 남겼습니다. "함께 배웠다 하여 끝까지 같은 길을 걷는 것도 아니며 길이 다르다 하여 반드시 다른 목적지에 이르는 것도 아니다."• 언젠가 우리가 다시 만날 때, 서로가 선 자리가 부끄럽지 않았으면 좋겠습니다.

건강을 빕니다.

• 다이허우잉, 『사람아 아, 사람아!』, 신영복 옮김(다섯수레, 2021), 266쪽

사과는 바나나가 아니다

"여러분이 빈말로 내 꿈과 어린 시절을 빼앗아갔어요."
스웨덴의 십대 환경운동가 그레타 툰베리가 뉴욕에서 열린
'기후행동 정상회의'에서 분노를 터뜨렸던 2019년 9월 23일,
구테흐스 유엔 사무총장에게 편지 한 통이 배달됐다. 발신인
은 이른바 '유럽기후선언'을 발표한 23개국 506명의 '과학자
들'. 이들의 요구는 명료했다. 기후위기는 없으니 기후 대책
을 과학적이고 경제적으로 수정하라는 것이었다. 기후변화
는 최근의 빙하기가 1850년에 끝나 수반되는 자연현상이며,
온난화 속도는 예상보다 훨씬 느릴 것이고, 온실가스의 영향
이 과장됐다는 주장이었다.

유럽의 팩트체커들은 즉각 연대 검증을 시작했다. '선
언'의 명부에 올라 있는 사람들이 정말 서명을 했는지, 그들

의 전문 영역이 기후변화와 관련이 있는지 등을 하나하나 확인했다. 기후변화에 관한 주장들의 사실성을 검증하는 과학자들의 네트워크인 '기후 피드백climate feedback' 등이 서명한 과학자들의 신원을 200여 명까지 확인한 결과, 대기과학이나 기후학으로 논문을 쓴 사람은 단 두 명이었다. 200명이 넘는 '과학자'는 기후 연구와 거리가 먼 수학 교수, 경제학자, 의사, 기업 간부, 이익단체 구성원이었다. 다수는 화석연료 개발과 직간접적으로 이해관계가 있는 지질학자와 엔지니어들이었다.

단단한 객관적 진실을 다루는 것으로 여겨지는 과학의 영역에서 이렇게 대안적 사실alternative facts을 주장하는 사례는 이제 드물지 않다. 넷플릭스에서 인기를 끌고 있는 다큐멘터리 〈그래도 지구는 평평하다〉(원제 Behind the curve)에는 지구가 평면이고 우리가 보는 하늘은 할리우드가 만든 거대한 세트라고 믿는 사람들이 등장한다. 이들은 2015년만 해도 '평평한 지구'를 인터넷에서 검색해보면 관련 자료가 5만 건 정도였는데, 2018년에는 1940만 개로 늘었다고 자랑한다. 관련 유튜브 영상만 100만 개가 넘어 평생 보아도 다 못 본다는 것이다.

자유민주주의 사회에서 '기후위기가 없다'거나 '지구가 평평하다'는 의견은 누구나 가질 수 있다. 그러나 이 의견이 은근슬쩍 세를 몰아 사실의 자리를 넘보면 자세를 고쳐 이 주장들의 진위 여부를 따져봐야 한다. 사진이 있고, 통계가 있다며 '5·18에 북한군이 개입했다'거나 '일본군 위안부의 강제 연행은 없었다'고 주장하는 경우도 예외는 아니다. 조국 전 장관 자택 압수수색 때 조 전 장관의 전화를 수사팀의 여자 검사가 받았다며 인터넷에 해당 검사의 인적사항이 나도는 가운데 욕설이 퍼부어졌던 것도 없는 사실이 만들어진 사례였다. 전화를 받은 것은 남자 검사였다. 지지와 비판, 열광과 혐오가 들끓는 와중에 사실 따위는 부차적인 요소가 되어버리는 현상은 정치는 물론이고 과학, 젠더, 문화 등 사안을 막론하고 공통적이다.

〈뉴욕타임스〉의 서평 기자로 이름을 날리다 은퇴한 미치코 가쿠타니는 저서 『진실 따위는 중요하지 않다』에서 양립하는 의견 사이에 균형을 맞추려는 중립적 태도가 터무니없는 주장에 길을 내어주는 거짓 등가성^{false equivalence}을 만들어낸다고 경고한다. "인기 있는 것과 증명 가능한 것의 차이를 흐려서"* 의견이 사실로 은근슬쩍 탈바꿈하면 사실이 무엇인지는 모호하게 되고 사람들은 사실 판단에 피로를 느끼게

• 미치코 가쿠타니, 『진실 따위는 중요하지 않다』, 김영선 옮김(돌베개, 2019), 124쪽

된다는 것이다.

　트럼프 대통령과 지지자들이 후보 시절부터 거짓 주장을 펴면서도 이를 '대안적 사실'이라고 명명하자 CNN은 2017년 10월 자사 표어를 '사실 최우선Facts First'으로 바꿨다. 사과 한 알이 나오는 30초짜리 홍보 영상도 내놓았다. "이것은 사과입니다. 그러나 어떤 사람들은 이것을 바나나라고 할지 모릅니다. 그들이 계속 '바나나 바나나 바나나'라고 외치면 당신도 이게 바나나라고 믿기 시작할지 모릅니다. 그러나 이것은 사과입니다."

　홍보영상 아래 넣은 CNN의 메시지는 이렇게 마무리된다. "사실이 확립된 뒤에 의견이 형성될 수 있습니다. 의견도 중요하지만 그것이 사실을 바꾸지는 않습니다." 사과는 바나나가 아니고, 지구는 평평하지 않다. 사실은 아무리 사소해도 사실이다.

당신의 이야기는 무엇인가요

새로 산 코트의 똑딱단추가 말썽이었다. 잠기기는 하는데 열려고 하면 좀처럼 빠지지 않아 입을 때마다 애를 먹었다. 코트를 입을 만한 날씨에도 단추 때문에 제쳐두기를 몇 번. 안되겠다 싶어 통을 줄여야 하는 바지 한 벌과 코트를 들고 예전 살던 동네의 옷 수선 가게로 향했다.

떠난 지 몇 년이 지났는데도 아파트 상가의 옷 수선 가게는 변함없이 그 자리에 있었다. 사장님은 "언제 찾으러 올래요?"라고 물었다가 다른 동네에서 일부러 찾아왔다는 말에, 조금만 기다렸다 가져가라며 의자를 내주었다. 여러 번 수선을 맡겨왔지만, 옷들이 잔뜩 쌓인 좁은 가게 안에 사장님과 함께 앉아 있어보기는 처음이었다.

사장님이 발을 굴려 돌리는 재봉틀 앞에는 색색의 실패

가 무대 분장용 거울의 알전구처럼 촘촘히 박혀 있었다. 수선할 바지의 옆 솔기를 뜯고, 줄일 만큼을 가위로 잘라내고, 바지 색깔에 맞는 실을 찾아내고 하는 동안 사장님은 느릿느릿, 그러나 쉬지 않고 이야기를 계속했다.

　신도시에 아파트가 처음 세워졌을 때 단지 내 상가에 옷 수선 가게를 연 사장님은 동네 변천사의 산증인이었다. 2~3평 남짓한 상가 점포 하나가 40평 아파트 한 채 값과 맞먹었을 때 임대수익을 바라고 빚을 내 점포를 샀던 사람은 경기가 나빠도 월세 낮출 엄두를 못 내고, 세 든 사람은 세 든 사람대로 월세를 감당하지 못하니 공실이 늘어간다는 얘기, 옷 수선을 하다보면 세탁소와 친할 수밖에 없는데 겨울옷은 아무리 봄맞이 할인을 많이 해준다고 해도 2~3월에 맡기지 말고 4~5월에 맡기는 게 좋다는 얘기, 집이 코앞이라 일이 많을 때면 밤 12시까지도 가게 문을 열고 있으니 늦어도 찾아오라는 얘기, 그리고 사는 동안 자식들은 저희들끼리 커서 이제 취직도 하고 제 앞가림하게 되었다는 얘기……. 사장님의 손은 이야기 사이에도 부지런히 움직여 바지를 다 고치고, 펜치로 코트 똑딱단추의 머리를 오그라뜨려서 열고 닫기에 수월하게 만들었다. 단추를 다 바꿔 달아야 할 거라고 생각했지만 사장님의 손놀림 몇 번으로 그럴 필요가 없어졌다.

　수선을 마친 옷을 들고 상기를 끌이 나오는데, 봉네가 달라 보였다. 공기 중에 실밥이 떠다니는 옷 수선 가게에 잠시

앉아 이야기를 들었을 뿐인데, 그곳에 사는 동안 나와 무관하거나 멀리 희미하게 보이던 풍경과 사람들이 처음 본 것인 듯 또렷하게 눈앞에 떠올랐다.

가족이나 친지, 온라인 사회관계망서비스^{SNS}의 '친구'나 '팔로워'가 아닌 누군가와 요점 없고 용건 없고, 내 생각이나 취향과도 관계없는 이야기를 나눠본 게 오랜만이었다. 그 예상치 못했던 만남 덕분에 익숙하다고 여겼으나 사실은 알지 못했던 세계를 잠시나마 발견했다.

오프라인에서의 자아만큼이나 온라인에서의 자아가 섬세하게 기획돼 전시되는 환경에서는 내가 통제하지 못하는 '의외의 만남'은 잘 발생하지 않는다. 포털의 알고리즘은 나의 취향을 거스르지 않는 최적화된 결과들을 보여주도록 설계돼 있고, 동의하지 않는 사람이나 일들로부터 스스로를 차단하는 일은 쉽다.

그러한 관계 맺기에서 무한 확장하는 것은 나를 원점으로 한 동심원이다. 동심원의 구심력이 강해질수록 닫힌 세계에 균열을 내는 뜻밖의 사건이나 사람, 혹은 생각의 틈입은 일어나기 어려워진다. 계층 간, 집단 간 단절이란 말을 피부에 닿는 언어로 표현하자면 서로 말 섞을 일이 없다는 것일 것이다. 2016년 미국의 트럼프 대통령이 당선된 직후 매사추세츠공대 연구팀이 선거운동 기간 중 트위터 흐름을 확인했을 때 발견한 것은 강한 결속력을 보이는 트럼프 지지자들과 반대 진영인 힐러리 지지자들이 소통이 없다고 해도 좋을 만큼 단절된 두 세계에 살고 있다는 것이었다.

"우리는 이야기로 길을 찾고, 성전과 감옥을 지어 올린다"고 했던 미국 작가 리베카 솔닛은 "자유로운 상태가 되기 위해서는 이야기를 듣는 법을 배워야 한다"고 조언했다.•

내 편은 선이고, 상대는 악의 영역에 있으며 듣기 싫은 이야기는 차단해버리면 그만이라는 세상에서 흘러 다니는 이야기들은 뻔하고 겹이 얇다. 그렇게 얄팍한 이야기들은 우리를 미지의 세계로 인도하지 못한다.

나의 이야기는 무엇인가. 당신의 이야기는 무엇인가.

• 리베카 솔닛, 『멀고도 가까운』, 김현우 옮김(반비, 2016), 13쪽

길

나는 잘 걷지 못한다. 같이 등산을 하자는 친구들에게는 "내가 인간 짐짝이다"라고 거절해야 할 정도이고 트레킹도 엄두를 내지 못한다. 어려서는 곧잘 넘어지곤 했다. 너무 자주 넘어져서, 아주 어린 시절에조차 또 넘어졌느냐고 엄마에게 야단을 맞을까봐 넘어지지 않은 척했던 아물아물한 기억이 있다. 무릎은 상처투성이였다.

걷기가 그 정도이니 달리기는 말할 것도 없다. 고등학생 시절 대학입시를 위한 체력장을 준비하느라 두 명씩 줄지어 100미터 달리기를 연습할 때면 결승선에 선 친구들이 깔깔거리면서 내게 소리를 질렀다. "야, 뒤에 오는 애들 가로막지 말고 나와!"

전력을 다한 100미터 달리기 최고 기록이 20초였던가.

매 학년 초, 새로 부임한 체육 선생님이 있으면 내게 달리기를 시켜보았다. 그때만 해도 살집이 별로 없었고, 다리는 긴 편이라, 겉보기에는 단거리선수감이었던 것이다. 운동장 반 바퀴도 돌기 전에 선생님은 한숨을 쉬며 "들어가라" 하셨다.

달리기만 못하는 것이 아니다. 지금도 걸을 때면, 왼손과 왼발, 오른손과 오른발이 함께 올라가곤 한다. 군사정권 교육 체제에서 고교생들이 강제 이수해야 했던 교련이라는 과목에는 전교생이 손발을 맞춰 행진하는 제식훈련이 있었는데, 오른손과 오른발, 왼손과 왼발이 함께 올라가는 나 때문에 땡볕에도 여러 번 연습을 다시 해야 해서 아이들의 원성을 샀다.

나이 들어서 건강 얘기가 나오고 다른 사람들로부터 무슨 운동 하는 거 있냐는 질문을 받을 때면, "숨쉬기운동합니다"라고 답하곤 했다. 노력을 전혀 안 해온 것은 아니다. 책상 앞에만 앉아 있는 저질 체력의 소유자였는데, 나이 40이 넘어 철인 3종 경기 선수가 되었다는 어느 출판편집자의 이야기*를 읽으며 '나도 할 수 있지 않을까' 쭈뼛쭈뼛 피트니스니 필라테스니 등록해보았다. 그러나 "회원님, 자세가 그게 아니고요"라는 지적만 받다 돌아오면 열의가 식어서 띄엄띄엄 가다가 결국 내 수강료로 체육관의 물세, 전기세나 물어주는 짓을

● 이영미, 『마녀체력』(남해의봄날, 2018)

반복했다.

몸을 움직여 무엇을 하는 일에는 겁부터 집어먹고 피하는 내가 제주도의 올레길 몇 구간을 혼자 걸어보았다. "길을 걸으면 아무 생각도 나지 않는다. 그게 힐링이다"라던 후배의 말에 솔깃했다. 아무리 운동을 못하지만, 아직 두 다리가 멀쩡한 사람으로서 최소한 걷는 일은 할 수 있지 않겠느냐고 생각했다. 혼자 걸으니 다른 사람의 속도를 맞춰주지 못해 미안한 일은 없을 것이고, 걷다가 못 걸을 것 같으면 중도 포기할 수도 있겠지라고 마음을 편히 먹었다. 그래도 출발에 앞서 바닥이 두터운 트레킹화, 햇볕을 가려줄 손목까지 덮는 긴 등산복 상의, 장갑 등을 사면서 '내가 또 쓸데없는 일에 돈을 뿌리는구나'라는 낭패감이 지레 앞섰다. 올레길 코스마다 친절하게 길 안내를 한 웹사이트를 들여다보며 난이도는 하, 걷는 데 걸리는 시간이 가장 짧은 코스부터 찾았다. 올레길의 마지막 구간인 21코스가 난이도가 낮고, 밭길로 3분의 1, 바닷길로 3분의 1, 오름으로 3분의 1을 걸어 제주 동부의 자연을 고르게 다 볼 수 있다는 설명에 그 길을 첫 코스로 택했다.

파랑색과 주황색으로 각각 정방향, 역방향으로 가는 길을 알리는 화살표가 붙은 코스 시작점에는 나 혼자였다. '당신은 지금 올레길을 걷고 있다'라고 알려주는 제주 바다 빛깔의 파란색과 감귤을 상징하는 주황색 한 묶음의 올레길 리본을 찾느라, 처음에는 풍경이 눈에 들어오지 않았다. 그러나 혹시 길을 잃은 것은 아닌지 주춤주춤거릴 때마다 걱정 말라는 듯이 나뭇가지에, 밭에, 전신주에 올레길 리본이 흔들리고 있었다. 무엇을 수확했는지 알 수 없는 텅 빈 밭들을 지나고, 해안 길을 지나고, 로프를 잡고 올라가야 하는 경사가 가파른 오름을 올랐다. 올레길 리본을 놓치지 않으려 긴장하기는 했지만, 내 보폭대로, 내 속도대로 쫓기지 않고 걸었다. 길을 걸었던 후배의 조언대로 발바닥에 물집이 잡히지 않도록 한 시간여마다 신발과 양말을 벗고, 땀으로 습기 찬 발가락을 내어 말리기도 했다.

표지가 있는 길을 걸어본 사람이라면 누구나 생각했을 것이다. 인생에도 이 모퉁이를 돌아야 할 것인가, 두 개의 길 중 어느 쪽으로 걸어야 할 것인가 판단할 수 없을 때마다 이 길로 가면 안전하게 목표점에 다다를 수 있다고 알려주는 표식이 있다면 얼마나 좋을까라고. 서쪽 마녀에게 가는 길을 잃지 않기 위해 도로시가 걸었던 노란 벽돌 길처럼 그런 표식이 있다면.

나는 길을 잘못 들려고 했던 것이 아닌데, 이 길이 맞는 길인 줄만 알고 열심히 걸었는데, 종래에는 엉뚱한 곳에 와 있으면 어떻게 해야 하는 것인가. 올레길에서는 길을 잃어버렸다 싶으면 마지막으로 리본을 본 곳으로 돌아가 다시 걸으면 되지만, 인생은 그렇게 되돌이가 되지 않는데.

예상했던 대로 내가 코스 하나를 걷는 데 걸린 시간은 올레길 안내 웹사이트에서 안내된 평균 시간의 두 배였다. 21코스보다 긴 다른 코스를 걸을 때는 도저히 못 걷겠다 싶은 지점에서 다음 지점까지 버스나 택시를 타고 이동하기도 했다. 올레길을 뚜벅뚜벅 다 걸은 사람에게는 제대로 걸었다고 할 수 없는 걷기이겠지만 어쨌든 내 두 다리로 햇볕과 바람을 맞으며 밭길을, 바닷길을, 오름을 걸은 것이다. 바윗길을 지나갈 때는 서서 다리를 옮길 수 없어, 주저앉은 채로 엉금엉금 기어서 바위들을 넘어가기도 했다.

한쪽 발을 내디디면 다른 쪽 발을 마저 내디딜 수밖에 없다. 그 자리에 서 있을 수는 없으니까. 올레길을 걷는 동안 내 몸은 그걸 알려주었다. 숙소에 돌아와 땀에 전 몸을 씻을 때면 발가락을 가장 오래 꼼꼼히 만져주었다. 내 몸에서 잊고 지내다시피 하는 발가락이 그렇게 고마웠던 적은 없었다.